墓草詩選

在底層

能夠出版，特別感謝：崔子恩、包宏偉、柯雷（Maghiel van Crevel）、尹懷君等老師

名家推薦

墓草的詩歌是華語乃至世界酷兒文學中獨特的景觀。他的作品以平實的語言和真摯的情感，對性愛加以了大膽的讚頌，對人性展開了深刻的剖析，也對社會不公進行了強烈的控訴。他的詩作充滿了社會批判的力量和反抗性別規範的情感動能。字裡行間，我們從絕望中看到了希望，從微笑中看到了淚水，在陰暗的城市角落看到了美和感動。

——包宏偉（英國諾丁漢大學傳媒研究所副教授）

墓草的詩歌在中國詩壇獨樹一幟。這些詩作處於酷兒文學和打工文學的交匯點。它們無畏地直面各個層面的不公，在性解放與社會經濟解放之間建立了有機的聯繫。墓草的寫作把最強烈的悲傷、憤怒與戲劇性的黑色幽默自然地結合起來，使個人經驗和人類群體命運得以有力地結合。從溫和到暴力，從滑稽到痛苦，這些詩歌以其真誠、坦率和不妥協的聲音，讓讀者感覺到，對於詩人墓草，寫作是一種迫切的生命需要。

——柯雷Maghiel van Crevel（荷蘭萊頓大學中國語言與文學教授）

目次

第二輯　他們

第三輯　碎片

第四輯　你手淫的時候可曾想起我

第五輯　寂寞的深深處

第六輯　懺悔錄

第七輯　秋天被冬天格式化後

第八輯　我的中國夢

第九輯　活著和死去只是一種傳說

第九輯

活著和死去只是一種傳說

活著的人

坐1路公交車
從八王墳到公主墳
有百分之八十的人不是坐
他們站著相互擠
擠啊擠啊擠啊擠……
（標點符號被擠丟了）
所以啊啊啊啊啊啊啊
啊啊啊啊啊啊啊啊啊
啊啊啊啊啊啊啊啊啊
……
快擠死人了啊
但沒有一個人被擠死
他們中間——
沒有公主和王爺

二〇〇三・七・七

清明節

當活著的感覺
和死了沒有什麼不同時
我願意接受
自己是一具無人認領的屍體
……無論上了什麼車
無論是哪個方向
終點站都是火葬場
……所有去過的地方
在夢中沒有了痕跡
一片黑連接一片黑
所有的房子車輛關上燈
都成了包容屍體的棺材
所有的容器都可以裝滿骨灰
一堆黑連接一堆黑
也連接打火機點燃
更多的……灰燼

二〇一九・四・五

在底層

豬肉暴漲……
我也想漲價

在雙十一人人購物的一天
我把自己賣給了老白
老白把我賣給了老申
老申把我賣給了郵政
在郵政物流從事分揀
工作十二個小時一百五十塊
後來，我知道自己還可以多賣十塊
我把自己又賣給了小劉
小劉把我賣給了永盛
永盛又把我賣給了郵政
再後來，我又知道自己還可以多賣十塊
……在鄭州市的徐莊街和白佛南路

我不知道有多少個中介人
他們每天早晨和黃昏
準時趴在垃圾桶上歡迎我們
……豬肉暴漲
吃不起豬肉的低端人口
每天只想把自己賣到豬肉的價格
……這就是我們的無法改寫的中國夢

二〇一九・一一・一三

打工

找到一份工作
就像去了一個遙遠的地方
　一個很遠很遠的地方
　　時間過得很慢
　　　每一秒鐘裡
總能聽到電焊機絞磨機切割機汽泵和汽釘槍的
　　　瘋狂的喊叫
我像一塊沒有機會生鏽的齒輪
　加速運轉　加速運轉……
　　一個很遠很遠的地方
　　　時間過得很慢
我幾乎忘記了所有的詩人
我幾乎忘記了國家的存在
每一秒鐘裡
總能看到膠板膠水膠布膠帶膠槍膠棒矽膠和固化劑
加速黏貼加速凝固加速裝箱……

二〇〇七・七・一

睡在攝像頭下的農民工

中國有上萬家的
核酸檢測機構
只要他們想賺錢
疫情就永遠不會結束
……

夏季太熱
棺材大的出租屋太熱
工作收入不穩定的農民工
為了節省電風扇的電費買早餐
他們帶著涼席睡在了街頭
不怕蚊子叮咬
但是怕睡著後
自己的腎臟被人挖走
他們只敢睡在有攝像頭的街頭

二〇二二・八・一一

危房

十個農民工住在二樓
二樓在漏雨……
一樓是做飯吃飯的地方
缺少桌子使用電纜組盤
缺少椅子……
用水桶接二樓的雨水
三樓沒有住人，是的
三樓不能再住人
雨還在下……
還好，山沒有滑坡
這個地方距離海邊的工地近
還好，今天沒有颱風
還好，我今天買到了舒筋活血片
和紅花油……

今天沒有上班就沒有工資
還好，還有明天
有工作有房子住不該絕望
今天可能不會死
……死也要開開心心去死

二〇二一・一〇・一三

燈光

這個時候，不用六個人組合
去抬電源櫃，這個時候
二樓不等於二樓
在二樓和一樓的夾層間
在鐵框架和地板也是天花板
之間……這個時候，不用分離出
一個人和一個小工
去撿從天花板洞掉下的螺絲帽
……數不清有多少根電纜
等待被連接……
等待被螺絲擰緊
……盒飯
……盒飯
……盒飯
每晚加班把螺絲擰緊就有盒飯吃

二〇二〇・九・二八

中年夫妻

女人生病萎縮
縮小成另一種版本的她
他可以把她高高地抱起來
抱進男廁不可以，抱進女廁不可以……
他貼著她把她抱離床
他把一塊尿不溼放在她的屁股底下
把軟塑料盆塞到合適的位置……
她開始猛爽地撒尿……
聲音如從前的一個女人往豬槽裡倒惡水
這個時候，病房已滿
走廊裡停放滿了病床
他的她住在走廊入口處……

當他一次又一次重複
把她抱起時……
他感覺自己變成了她的媽媽
媽媽不嫌棄一次又一次往豬槽裡倒惡水……
尿水濺在臉上，尿黏在手指上
而他們的信仰不變
上帝在遠處，用另一種方式微笑……

二〇一七・七・五

在底層醫院裡……

底層醫院病人多
病房一直不夠用
走廊裡躺滿了葡萄糖吊瓶……

當我舉著葡萄糖向上移動的時候
看到紅色的墨水往葡萄糖瓶子裡跑
天花板，地板磚，葡萄糖一串又一串在滴淚
先走到護士站換藥水
再走進公廁，把瓶子掛在釘上……

回到走廊
繼續在走廊的病床上躺著
……我只能看到大大小小的葡萄糖瓶子
像釣魚竿的水漂牽引著這個世界裡最黑色的呻吟

這個時候
有人在微信傳說劉曉波病危中……
「我們都是這個時代的罪人……」
此時，我的悲傷是渺小的，無聲的，乾枯的
我慢慢地等……最後一滴葡萄糖把我滋潤

二〇一七・七・九

劉曉波死了

一陣風吹過來
一隻知了在尖叫
這隻知了突然從高高的楊樹上跌落
落在低矮的彎脖子的柳樹上
又馬上跌落……
落在我矮矮的腦袋上
我捉住知了
把牠放在我的乳頭上
我知道牠很想吃乳汁
可是我沒有……
我什麼也沒有
我沒有了悲傷
我不能像魯迅一樣《吶喊》
我不能像艾倫金斯堡一樣《嚎叫》
一陣風吹過來
我知道，我知道……知了不代表人類在尖叫

二〇一七・七・一九

死亡

色調灰暗的服裝，帶著
　蒼白的臉，透過
近視眼鏡，看清是同類人
同一個方向走，超市，鏈接
比蜜蜂採蜂蜜，要快，要多的
物品，皮鞋的速度，跳過電子秤
排隊，等候，收件人的發票
鏈接，廚房，打開冰箱
鏈接電源，電視關閉
電腦開機，彩色，美好
被鏈接，虛擬的愛情
　閃爍，照亮……
停止飛翔的床單，厭世的
遺夢，遺精代替遺書

書，不可以互動的文字死亡
比死亡還快的思想，追趕
被紅色經典綁架的人質
人渣，人物的輪廓，抽象
色調灰暗的皮毛，帶著
空洞的眼睛，透過
玻璃棺材，排著隊
參觀，人類的標本

二〇一三・一二・二八

在黑工廠打工

這是一家體制內的黑工廠
　又押身分證又押工資
　　老闆吃得白白胖胖
他一天高興了十八個小時
　　　在此時間內
六十多個服裝工忙個不停
　　　男工腰彎得像狗
　　女工眼紅得像兔子
　他們勞累吃住在一起
　雖女工的屁股時常
　擦到男工的大腿上
　　彼此卻沒性欲
開早飯的時間快到了
老實的光棍漢廚師
慌忙著手淫
把精子全射到大鍋稀飯裡
這件事被老闆看見了
不知為什麼
突然為他漲了工資

二〇〇〇・六・一〇

紅旗飄起來的時候

我的表姑的鄰居的姨父的二舅
託他的同事的同學的孩子的老師
　　給我搶到一個工作——
　　　到實驗小學打掃廁所
　其實這份工作來得真不容易
送一條豫煙一箱健力寶十斤雞蛋
八斤香蕉兩袋元宵一包減肥茶
　這已經花去了我所有的積蓄
那個老老實實的戴眼鏡的大學生
被炒了魷魚仇恨地斜了我一眼
把掃帚拖把和一串鑰匙交給我
　　吐了一口痰悲憤地離去

從此校園內的紅旗爬上旗桿時
我滿頭大汗爬上爬下樓梯
把白瓷牆白地板磚擦得乾乾淨淨

有一天，我幹活時
校長進了廁所
他對我微笑時突然摳了摳我的手掌心
為了討好他我獻上女性的動作
這個禿頂的老頭在他的辦公桌上
雞姦了我……這還不夠
他還要吸飲我營養不良的精子

當紅旗飄起來的時候
我的痔瘡無聲地流血

當紅旗飄起來的時候
老校長慷慨激昂地面對
——五千名紅領巾
用他散發著荷爾蒙氣味的喉嚨
宣誓：
我們——要——熱愛我們偉大的黨！
——熱愛我們偉大的祖國……

二〇〇一．三．二五

商城街

外來妹在清晨打掃大街
清晨的路人為她嘆息
這麼年輕的姑娘太可惜了啊
外來妹在黃昏掃大街
黃昏的閒人也為她嘆息

中年婦女失業了
——上有老下有小啊
中年婦女日子不好過
中年婦女給街道辦事處送禮後
外來妹走了
中年婦女開始每天掃地
中年婦女一邊掃地
一邊為自己嘆息

青年坐監服刑釋放
回到這條生養他的老街
周圍的人不安起來
——不能讓他閒著沒活幹啊
他沒飯吃還會再偷盜我們啊
大夥相互行動起來

後來的一天天
人高馬壯的光棍青年掃大街
路人向他不屑地吐痰
一輛警車擦身而過
青年下意識裡躲到一邊
——他斜了一眼

看見車內坐著兩名女犯
　一個是賣淫的外來妹
一個是拉皮條的中年婦女

二〇〇一・六・二三

臥夫走了

面對悲傷
可以由大化小
比如臥夫走了
可以想像我的草帽丟了
我的草帽真的丟了
不能再使用小麥玉米組詞造句
我不能承受過多的悲痛時
可以忘掉糧食
忘掉同類軀殼的顏色……
另一列火車在跑
跑到原來位置的反方向
看著窗外
鬱悶的植物生長在春天的反面
我的另一面

愛過雨滴和陽光
小小的草帽丟在遠去的火車上
小小的鬱悶遊蕩在另一列火車上
小小的鬱悶壓制我
不去流淚也不能歡笑

二〇一四・五・一三

涅槃成蝶

在性愛中死去是幸福的
　為了死去
為了填補幸福的空白
　我要抱緊你
就像抱緊墓碑
在省略號上呻吟或尖叫
不停搖動缺少尾巴的屁股
……
和死亡無關的語言停止
　我說我愛你
只是為了加速死去
只是為了死得澈底
……
飛翔的花朵

失去時間的肢體動作
在繼續……

打開墓草的詩集
你要找的是花朵還是墓碑
……意念集中去穿越
去抱緊省略號上的呻吟和尖叫
讓我真正成為你的戀人
讓該死一萬次的戀人再陪你死一次

二〇二一・四・一六

疫情

命運讓我戴上口罩
　遇上另一個你
戴口罩的你活得更真實

　口罩抗拒著病毒
　卻無法抗拒悲傷
一種恥辱可以簡單成日記
　通過死去的媒體
　來區分數字之外的人

那只是另一個數字（我）
遇上看不見的數字（你）
　相互被病毒平等的愛過
　　愛到死不瞑目

離別的骨灰和花朵
這只是增減的數字
……在繼續
來證明一種文明的存在

二〇二〇・六・一三

疫情還沒有結束

又停電了
幾乎……每個星期
都要停幾次電
那些失業的老男人
那些沒有社保的老男人
……走到樹叢深處
走到黑暗深處
就可以摘下口罩
用乾癟的嘴巴吸一些雨露……
那些提上褲子拉上拉鍊的動作
是這一天的被安慰的句號
……
總是有一些沒有受過良好教育的
暴力少年成群結隊

他們一次又一次
穿越受過審批的影視劇
在一個又一個攝像頭的不遠處
樹叢的深處黑暗的深處……
……不報警！
搶劫不愛美女不愛妓女的老男人
這是很多受傷的老男人的選擇
戴上口罩
疫情沒有開始之前
他們已經習慣了戴口罩

二〇二一・一二・一八

在漯河火車站

我把自己想像成一粒芝麻
於是，我看到燒餅上黏貼了很多的芝麻
我把自己想像成一個蘋果
於是，候車室變成了水果超市

芝麻問蘋果：
「吃安眠藥，上吊，臥軌，跳樓……
哪種自殺方式最幸福？」
「跳樓最好
因為跳樓可以免費飛翔一次。」
甘蔗替蘋果回答
我於是把自己想像成一根甘蔗
被一把刀砍成十七節
放在九十四號靠窗的位置
火車經過許昌，把我運到鄭州出售
二〇一九・二・一二

促銷員

不再年輕的女人
　需要補品
　　我告訴她
紅心的火龍果比白心的好吃
於是，她用手指捏紅心的火龍果
　就像捏某一個人的私處
　　火龍果如果流水
　她就會馬上放手……
　　我馬上告訴她……
進口的香蕉比國產的香蕉好吃

我還會告訴她……
乒乓球葡萄是新鮮的
我最後把塑料袋給她
看著她從一堆爛桃中挑選……
……不是桃花
……不是春天裡的願望
我重複這個動作
把塑料袋給另一個不再年輕的女人
我的手已經習慣使用
……特價處理的動作

二〇一七・六・一七

某一天……

青年走過來
取下套子看一眼
轉身走開……

中年走過來
取下套子，聞一聞
轉身走開……

老人走過來
取下套子，捏一捏，再捏一捏
然後，慢慢轉身走開……

他是一名水果超市的理貨員
每天的每天……他反反覆覆

給水果戴上套子，貼上標籤

一個蘋果或一堆蘋果
每天被人取下套子上百次
這些距離伊甸園很遠很遠的蘋果
正在腐爛……

終於等到發工資了
他給自己戴上了另外一個套子
在距離家鄉很遠很遠的一條街道
他使用中年嫖了一次青年……

二〇一七・六・一九

新通橋男妓

肚子一餓　他此刻想去操銀行的一台取款機
陽具就會勃起
陽具帶著他去討飯吃　二〇一七・九・二四
越貧窮
他的欲望越強烈
而他的世界裡活下來的是窮人和窮人
買不起墓地的窮人
病不起也死不起的窮人……
他想扒開富翁的棺材
他想偷走富二代的骨灰盒
……
他有了罪惡的念頭
才能繼續高高地勃起

停止飛翔

語言停止，拒絕過紅色恐怖的人
　被一個接一個消失
　　送葬的隊伍裡
缺少一個被靈感綁架的肉體
　　被指向明天的黃昏
　　　或下一個黃昏
　被接受事實留下的
　　對立面的反光面
一種不代表另一種的
恥辱文件的被籤過程

讓沒有準備好的初生的念頭
代替早已經埋葬了的陳年往事
死去的不是一個時代符號後邊的
被省略的一聲高過汽笛的悲鳴
死去的是一個時代符號後邊的
不能省略的一聲高過汽笛的悲鳴

二〇一五・七・二九

周口啊周口

黨的政策是對的
所以必須執行
現在黨讓你們回老家扒掉祖墳
黨員不帶頭扒掉祖墳就開除黨籍
教師不帶頭扒掉祖墳就停課
村幹部不帶頭扒掉祖墳就免職

「在公墓裡種植死人比種植小麥玉米價值高四百五十倍
而且不需要施肥澆水噴灑農藥……」

——同志們，拿好鐮刀斧頭和鐵鍬
扒祖墳比賽開始了
前三名的鄉鎮獎三十萬人民幣
前十五名的幹部獎十萬人民幣
……

周口啊周口
這片生養我們的土地啊
可以沒有思想沒有信仰沒有親情沒有文學
只要有我們偉大的黨和政府
給我們糧食吃給我們一個窩住就好
……你看你看青壯年一個個外出打工去了
只留下我們偉大的黨和政府看家
黃河水淹過的土地上
女媧娘娘舉著石膏和避雷針補天

這太深太深的心靈黑洞
女媧娘娘永遠都補不上

二〇一三・一・二三

18號病房

蝴蝶披著白色的床單在飛舞
　床單上遺留著藥水和汗漬
白色的蝴蝶舞動著翅膀在飛
床單上睡著一個貧血的病人
　　他已經停止了輸液
　　他還沒有停止作夢
蝴蝶披著白色的床單在飛舞
翅膀上沾滿了花香和青草的露珠

二〇一一・六・二二

蝴蝶

她披頭散髮
她沒有披上床單飛上天空
她尿床了
老頭子被驚醒
扶著披頭散髮的妻子找廁所
不知該進哪個門
蝴蝶在飛
披著自己的床單在飛
披著自己的前世在飛
老頭子累了
摸著披頭散髮的妻子睡了
她突然又尿床了

二〇一一・六・二四

擁抱祖墳

生活過的某一個夜晚
讓你選擇死亡
而她的合法身分
讓你的下半身繼續活著
陽痿前完成配種的每一個動作
你的遠離真愛的性動作
正慢慢減弱……
一隻蝌蚪代表兒子游啊游……
A型血的蝌蚪游啊遊
A加B等於A等於B等於AB等於O……

二〇一〇・五・一

北京工廠

鋁合金站在牆洞裡歌唱
它的聲音帶動著十六顆自鑽螺釘
十六顆跳動的音符緊咬著兩片大合頁
玻璃牽著鋁合金跳到牆洞裡歌唱
它的聲音感動著三十二顆自鑽螺釘
三十二顆跳動的不鏽鋼音符
緊咬住四片小合頁

聾啞的老太太扶著拐杖
輕輕推開了門打開了窗
輕輕推開了門打開了窗
輕輕推開了門打開了窗
輕輕推開了門打開了窗
……

年輕人一個個死掉了
大街上走動著老頭子老頭子老頭子老頭子……

二〇〇六・七・二〇

歡迎你到愛滋病村

你到過河南嗎？
你到過河南的愛滋病村嗎？
你如果還活著
就應該來參觀參觀
你爬長城需要買票
你爬泰山需要買票
你到蘇杭你到每一個風景點
每一個國家級公園
都需要買票再爬再遊再瞧
河南的愛滋病村無人售票
這裡的愛滋病人
比北京動物園的動物還多
你只要在中國地圖上找到京廣線
在駐馬店下車後很快就能找到
這裡的愛滋病人和美國的愛滋病人不同啊
他們從來沒有賣過淫
更沒有嫖過妓
他們是靠賣血養兒育女
他們是因為賣血而染上愛滋病
你手中一定瀟灑地拿著相機
你會不會和愛滋病嬰兒照張合影
你會不會為已經死去的青年農民
捧把冰涼的黃土
你想哭就哭吧
你想罵就罵吧
但你千萬別學萬延海先生

他把這裡的愛滋病機密洩露給外國人
被國家安全局拘留一個月

啊……

河南的愛滋病村歡迎你
你想來就來吧
你不來也沒有人罵你

你帶著愛來到這裡是很容易的
比寫入黨申請書還容易啊
河南的愛滋病村歡迎你
中國的愛滋病人盼著你

二〇〇二・一〇・三〇

小偷阿星

無業的阿星
在公園附近偷自行車時
被一名警察抓住帶走
坐上警車的心怦怦跳
阿星想這下可完了
警察卻把小偷帶到家中
請他喝酒吃飯洗澡
然後慈善教育英俊的阿星
還答應幫他找份工作
警察哥哥拿來一隻安全套
用口給小偷弟弟戴上
又在自己肛門塗上油脂雪花膏
像觀音坐蓮似地坐到阿星身上
阿星感激萬分熱淚盈眶

此時四壁微微的顫動
一面鏡子掉在地上
發出興奮的呼叫——
如果全世界的警察和小偷
都這樣！！！！！！！
天下不是太平了嗎！

二〇〇〇・七・三〇

活著或死去只是一種傳說

哥哥，你隱居到日本幹什麼
你不知道富士山的火山會隨時噴發嗎
……
哥哥，你隱居到美國幹什麼
你不知道黃石公園的火山會隨時噴發嗎
……
流氓政府不能給我們平等自由幸福的生活
但是他們可以引導我們去仇恨日本和美國
……
就讓我和你留在中國吧
一起變成豬，像豬一樣死去
毫不懷疑……紅領巾和紅旗是用豬血染紅的

二〇二三・二・二〇

在這個很爛的時代

即使你擁有的工作是
打掃有鳥洞的公廁
也請好好珍惜……
　為了吃飽肚子
那些七十三歲的老人
他們正在卸車搬運水泥

　在這個很爛的時代
你只是一個工具人……
昏君不停地給土匪流氓國家捐錢
專家不停地建議負債的人多生孩子……
我希望專家都去有鳥洞的公廁蹲著
……我願意去愛一個人

在這個很爛的時代
我願意愛上一個刺殺昏君的瘋子
……啊！
也只有瘋子才會讓我感動地落淚

二〇二三・三・三

扭曲的螺絲釘

人口越多的國家
讀詩的人就會越少
大家都在忙著找工作
找工作，找工作……廉價出售自己
找到自己不喜歡幹的工作
屈辱地活，屈辱地活著……

水流成河
河是不需要水為它打工的
石頭堆成山
山是不需要石頭為它打工的
……只有破銅爛鐵一樣的國家
才需要人活得像螺絲釘一樣……

最後，帶著詛咒死去

二〇二三・三・一二

底層詩人的底線

我不是文化菁英　我……不識時務，我……餓死活該
我不是受過高等教育的知識分子
我慶幸自己沒有被黨的某一個大學洗過腦
我喜歡寫詩，寫詩就是我活下去的信仰
很高興有人來買我的沒有ＣＩＰ的詩集
很高興相互加了好友
……當我查看他的朋友圈內容時
我不高興了……
發現這個人是流氓政府的粉絲
他還一次又一次為普京侵略烏克蘭點讚
……我拉黑了他
我拒絕把自己的詩集賣給流氓的粉絲

二〇二三・三・二二

七〇後會一個個死去

沒有長生不老藥
　沒有愛……
人還可以活下去
活得像一個罪人
　活得像一頭豬
或活得像自己又不像自己

　計畫生育是對的
　　生二胎是對的
生三胎也是對的……
　　天災人禍……
隱瞞死亡人數也是對的
　……我時常感覺孤獨
……我時常感覺人滿為患

我不期望七〇後
當上總統然後再一個個死去
……未來的某一天
機器人會成為最後的總統
他無欲無求
他像佛祖他像聖母
他像所有的神……

春暖花開的春天
蜜蜂採蜜不用掃二維碼的春天
機器人總統踏過七〇後的墓地
啊！所有人的墓地一片綠……

二〇二一・九・二五

avant-garde 04　PG2971

在底層
──墓草詩選

作　　者　墓　草
責任編輯　尹懷君
圖文排版　陳彥妏
封面設計　吳咏潔

出版策劃　釀出版
製作發行　秀威資訊科技股份有限公司
114 台北市內湖區瑞光路76巷65號1樓
電話：+886-2-2796-3638　傳真：+886-2-2796-1377
服務信箱：service@showwe.com.tw
http://www.showwe.com.tw
郵政劃撥　19563868　戶名：秀威資訊科技股份有限公司
展售門市　國家書店【松江門市】
104 台北市中山區松江路209號1樓
電話：+886-2-2518-0207　傳真：+886-2-2518-0778
網路訂購　秀威網路書店：https://store.showwe.tw
國家網路書店：https://www.govbooks.com.tw
法律顧問　毛國樑　律師
總 經 銷　聯合發行股份有限公司
231新北市新店區寶橋路235巷6弄6號4F
電話：+886-2-2917-8022　傳真：+886-2-2915-6275

出版日期　2023年9月　BOD一版
定　　價　360元

讀者回函卡

Printed in Taiwan

國家圖書館出版品預行編目

在底層——墓草詩選 / 墓草著. -- 一版. -- 臺北市：
釀出版, 2023.09
面；　公分. -- (avant-garde ; 4)
BOD版
ISBN 978-986-445-846-2(平裝)

851.487　　112012151

孤獨的邊緣
——墓草短篇小說集

墓草　著；定價三六〇元

直白的、肉慾的、來自底層的文字，表述的是實驗性的創作概念與中下階層粗鄙日常的雜揉；瘋狂而不管不顧卻又渴望單純真摯的愛情，如泣、如訴，如情潮洶湧、如虛空而永遠無法填滿的慾望……

偽科幻故事

崔子恩　著；定價四二〇元

花木蘭天賦異色異稟，憑藉白米的外驅力夢的內驅力，遍遊海王星、天王星、冥王星，還有金星火星土星木星水星，以及月亮，以及北斗，以及大小行星。夢中遊歷之間，花木蘭一步一捧地拋撒白米。朝日東升新晨初始，花木蘭一躍從床上跳起，便可以通過米粒分布的結構，疏密節奏，開頭和結尾的形態，曲線和旋律，一一喚醒死去的記憶……

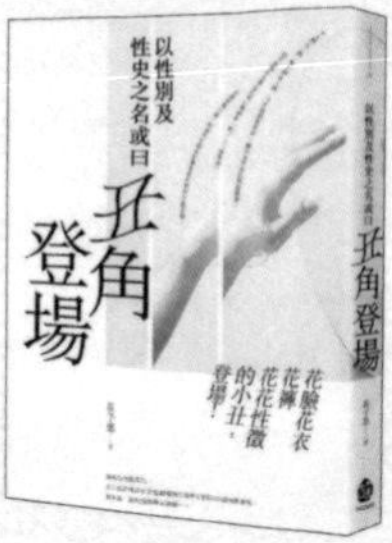

以性別及性史之名或曰丑角登場

崔子恩　著；定價四九〇元

女士們先生們，男人們女人們，今天我們將看到一齣亙古罕見的精緻戲劇。我不說想必大家也已經心領神會。對，《三維性別》！什麼什麼什麼？性別具有維度這個事實你們都不敢正視？請耐心把戲看完，世上也許再沒有比這齣戲對性別學有更深的見識和體會啦。對不起，請先別鼓噪又跺腳——
花臉花衣花褲花花性徵的小丑，登場！

ISBN 978-986-445-846-2
9 789864 458462 00360
建議分類　華文現代詩

色調灰暗的服裝，帶著
蒼白的臉，透過
近視眼鏡，看清是同類人
同一個方向走，超市，鏈接
比蜜蜂採蜂蜜，要快，要多的
物品，皮鞋的速度，跳過電子秤
排隊，等候，收件人的發票
鏈接，廚房，打開冰箱
鏈接電源，電視關閉
電腦開機，彩色，美好
被鏈接，虛擬的愛情
閃爍，照亮……
停止飛翔的床單，厭世的
遺夢，遺精代替遺書
書，不可以互動的文字死亡
比死亡還快的思想，追趕
被紅色經典綁架的人質

人渣，人物的輪廓，抽象
色調灰暗的皮毛，帶著
空洞的眼睛，透過
玻璃棺材，排著隊
參觀，人類的標本

——〈死亡〉

墓草的詩歌是華語乃至世界酷兒文學中獨特的景觀。他的作品以平實的語言和真摯的情感，對性愛加以了大膽的讚頌，對人性展開了深刻的剖析，也對社會不公進行了強烈的控訴。……字裡行間，我們從絕望中看到了希望，從微笑中看到了淚水，在陰暗的城市角落看到了美和感動。

——**包宏偉**
英國諾丁漢大學傳媒研究副教授

墓草的詩作處於酷兒文學和打工文學的交匯點。它們無畏地直面各個層面的不公，在性解放與社會經濟解放之間建立了有機的聯繫。……從溫和到暴力，從滑稽到痛苦，這些詩歌以其真誠、坦率和不妥協的聲音，讓讀者感覺到，對於詩人墓草，寫作是一種迫切的生命需要。

——**柯雷** Maghiel van Crevel
荷蘭萊頓大學中國語言與文學教授

第八輯

我的中國夢

中國夢

我想知道
我的黑夜和螞蟻的黑夜
誰的最黑最漫長……

我找到了我的腳
卻找不到螞蟻的床
我只能猜想螞蟻去釣魚了……

我找到了河的床
卻找不到魚兒在哪
我只能猜想魚兒去踢足球了……

我又找到了我的腳
卻找不到足球在哪
我只能猜想……
在微弱的星光下
一滴寒露打溼的落葉下
螞蟻不騎上我，我就騎上螞蟻飛向月球……

二〇一五・九・一七

夢魘之都

夢中的顏色
無數個夜晚
和我無關的燈光
　一條小路
通向空房間
關上門確定關好了門
關上窗確定拉好了窗簾
我的床在哪裡
空房間套著空房間
牆壁自己在生長
生出另一扇門
另一個房間
燈光裡……
我看見我的妻子睡在床上

我又看見我的丈夫睡在女人身邊
和我無關的夫妻在懷孕
他們正在努力生出一塊墓碑
墓碑上刻著我的名字
和死亡日期

二〇一四・三・三一

證明書

一定要搶在父親之前
爬上北京最高的高樓
　父親找不到鑰匙時
　他就會爬上樓頂找你
　你一定要抓住這個好機會
把這個被洗過腦的老頭推下去
　然後，高高興興走下來
　　走過天安門
　　寫一首詩
證明你不是父親想要的一個殘疾兒

二〇一五・九・一七

紅皮書

貧窮的王國裡
只剩下最後一枚硬幣
　兩個老頭打了起來
小老頭想購買一秒鐘的獨裁
大老頭想購買一秒鐘的專制
這場戰爭持續一年又一年

二〇一四・三・一三

夜，牧場

他對自己沒有準確的定位
對作品沒有準確的判斷力
他不知道自己的哪些詩好
他不清楚什麼樣的詩人才算是大師級
他在夢中測量詩人的生殖器
　五釐米是平庸詩人
　十釐米是一般詩人
十五釐米是優秀詩人
二十釐米是傑出詩人
二十五釐米是卓越詩人
三十釐米才是大師級……

他確認他遇到的詩人都是平庸詩人
這些詩人像羊在體制內吃草
匯成整整齊齊的有板凳坐的羊群
而他，卻想成為羊群中奔跑的一頭驢

二〇一五・九・一九

關燈，寂靜的夜

閉上眼睛，失眠等於電腦黑屏
　　開燈，重啟寂靜的夜
床上的文件夾裡躺著一個人
　　　可不可以刪除
　　　　可不可以刪除
可不可以……可不可以複製黏貼
　　　然後再刪除……
讓一個文件夢見另一個文件
讓他們共同躺在一個回收站裡

二〇一五・九・三〇

中元節

這一天？
只屬他們
他們的這一天
應該比我們的十月一日更重要
那些不寫詩
不打工
也不渴望民主的鬼魂
……我是真的羨慕他們
祝福他們的節日快樂

二〇一八・八・二三

哦！閃閃發光的文學獎

螞蟻以自己的名字
頒發給蟋蟀
一個詩歌金獎
獎品是蒼蠅的一條大腿

二〇一五・六・二九

四十三歲算不算老

如果能穿越時空
我會來到一九九四年
看到二十歲的那個我
正在寫第一首抒情詩
我對他說：
「我教你寫詩
你讓我操你的屁眼好嗎？」
他會不會說：
「滾開——你這個老不死的……」

二〇一七・一〇・一五

杜茲肺魚

河流乾枯了
眼淚乾枯了
北京城改名杜茲肺魚城

休眠的詩人
忍著不死
一直忍著
用杜茲肺魚的肺靜靜等待
一場比八九年還要大的暴風雨

二〇一五·八·七

我的中口夢

我不喜歡川普政府
因為他不喜歡同性戀和弱勢人群
當川普政府制裁中國官員的時候
我還是為他點了讚……
我不喜歡川普政府
卻希望有人繼續制裁大陸的黨
川普政府什麼時候搞擒賊擒王？
他能不能幹掉一個非法的政府？
讓大陸人民回歸臺灣民主的懷抱
……這就是我的中國夢
我喜歡奧巴馬
所以也應該喜歡他支持的拜登

拜登勝選總統
我的中國夢破碎了
活在獨裁專制的國家裡
無論我寫什麼……
都是一個無藥可救的傻逼

二〇二〇・一一・一一

叫獸

于丹開著車去摧殘機大學講課
易中天也開著車去摧殘機大學講課
　于丹抱怨：北京總是有霧
　　——道路看不清
易中天也抱怨：北京總是有霧
　　——道路看不清
……國旗黨旗是不是全升起來了？
　　　在十字路口
　　兩輛車撞在了一起
　于丹被送進了兒童醫院
易中天也被送進了兒童醫院
愛滋病預防教授萬延海從美國回來親自出診
萬教授的處方是：
頭部只是受了些輕傷
吃兩盒偉哥就沒事了

……于丹繼續去摧殘機大學講課
易中天也繼續去摧殘機大學講課
——同學們鼓掌熱烈歡迎

于丹說：我們今天不《論語》
易中天說：我們今天不《品三國》
于丹說：我們今天只講民主
易中天說：我們今天必須講民主

于丹說：婊子養的體制裡是不會有民主的
易中天說：流氓次次強姦的社會裡是不會有民主的
……

二〇一三・二・五

夢遊者

有時候
我對生活要求得並不太多
一盞燈都不需要
我在黑夜裡走路
條條道路通向理想之門

有時候
我對生活要求得並不太多
一張床我都不需要

二〇〇五・一・一一

房間

房間套著房間
床的旁邊還是床
只有一盞燈亮著
距離門很近
外邊有腳步聲
是找夢的人來了

只有房間還不夠
只有一張床還不夠
還需要兩個人
同作一個夢

所有的床都空著
所有的房間裡只有腳步聲

在一盞燈光下
你和他距離夢很近
距離我很遠

我閉上眼睛等
第一個關燈的人
第一個有缺點的人
和我一起把夢打造完美

二〇〇五・五・二五

貧窮讓我美好地幻想

我幻想是一位農民
用自己的汗水種植麥子棉花
可我想到了自然災害
想到了多如牛毛的稅收
就不敢再幻想
我幻想是一名工人
用自己的智慧雙手創造財富
可我想到了老闆的心黑欺詐
想到失業或領不到工資
就不敢再幻想
我幻想是一個妓女
用自己的美麗青春兌換金錢
可我想有一個溫暖的家
想到了愛滋病
就不敢再幻想
我幻想是一個強盜
用自己的血氣方剛搶劫銀行
可我想到危險想到死亡
想到自己可憐的娘
就不敢再幻想
我想老老實實地做人
可是窮啊窮！我窮得一無所有
止不住地幻想啊幻想
我幻想在一個春天

月光撒滿憂鬱的花朵……

我和江主席在一間ＷＣ邂逅
——他激情地日了我
我幸福地屙出他的精子
拿到國外拍賣——
即使一隻賣一塊錢吧
我也能一夜間成為億萬富翁

二〇〇一・三・二六

如果我是一位昏君

清零已經不可能
讓少數人富起來
讓騙子讓流氓富起來
讓核酸檢測單位富起來
也讓生產口罩的廠商富起來
……

如果我是一位昏君
我會給陽性感染者發一億元獎金
五千萬必須用來買口香糖
五千萬必須用來買玫瑰花
我會要求幸運的感染者
每天必須和上百人接吻
……讓十四億中國人在戀愛中
解除新冠肺炎的恐懼
這才是昏君的政策
這才是真正的人生

二〇二二・一一・一四

我是一個擁有比特幣的詩人

我很悲觀　一比特幣等於一百萬美金
不相信政府
不相信彩票　二〇二一・七・一一
不相信股票
……我只是一個窮詩人
哪有黑錢通過比特幣去洗乾淨
可是，我擁有比特幣
我目前擁有〇・〇〇〇一枚比特幣
……我一直在努力
……我會一直努力寫作
不去幻想諾貝爾文學獎
只幻想……當我擁有
一枚完整的比特幣時

為了高端的生活

暴雨之後
洪災之後
新冠疫情之後
中年失業之後……
活在鄭州
買房子一定要買
六十層以上的高樓
等南北極的冰
……全部融化之後
你站在自家的陽台釣鯊魚
每條鯊魚可以賣一個比特幣
而這時候的行情……
一個比特幣等於一百億美金

二〇二一・八・一〇

為了預防核戰爭爆發

我呼籲中國政府出面做媒
讓拜登和普京結婚……
讓澤連斯基做伴娘……
婚禮就在中國的臺北舉行

二〇二二・三・一

廣場舞

當所有人躺平的時候
鳳姊說：我可以窮一輩子
但不可以蠢一輩子
……
如果鳳姊成為國母
這個國家可能還有救
……
可是，當下的中央老頭們
沒有一個配得上鳳姊的
……
就讓鳳梨代替鳳姊走上最高的餐桌吧

二〇二二・八・二〇

寫詩有罪

在黑色的體制下
一個大嘴巴能吞下
十四億小嘴巴
一個小嘴巴勸你不要哭
不要哭……
因為聽話不哭
孩子獲得了紅領巾
因為聽話不哭
他們家的田和房子被強徵強拆
因為聽話不哭
留守兒童和瞎子有了中國夢
沒錢上學沒錢看病沒錢買房的……
底層人有了中國夢

……不要哭
偉大的政府偉大的房產商偉大的大嘴巴
正在保護中國高貴的房價不掉
……不要哭
你們看你們看
那大片大片新建的高樓大廈
正在大片大片地炸掉
不要哭……
在這個美麗得不能再美麗的中國夢裡
強徵強拆者無罪
毀壞資源者浪費資源者壟斷資源者無罪
沉默者無罪

……寫詩有罪！

二〇一九・二・一六

致二●○●後

詩人一著名就老了
還有很多的詩人來不及著名
　　也跟著老了
　大家排著隊……掛號般
進入《老年癡呆症詩選》

老眼昏花的老主編慢慢慢地摸了過來
　　捏一捏，再捏一捏
　哪些軟，哪些還硬……
他的體制他的文化有了底
他的柿子獎評獎有了結果

年少的詩人啊！不要著急
　你要學會慢慢慢地等
按年齡資格排輩排隊……
在中國作協的詩人的養老院裡
每年還有上萬個活死人沒有輪到獲獎

二〇一七·五·一七

文檔

這個國家缺少什麼　用老掉牙的分行文字
就用標語來代替　機器發動般地抒情……
從一萬台機器詩人中
評選一台螺絲被擰緊的詩人
貼上獲獎標籤代表這個時代的思想……
這個國家的詩人一出廠就會著名
他們的耳朵一聽到人民哭泣就會聾掉
眼睛一看到不公平就會花掉
他們的心靈不懂承擔只懂被遙控器命令……
流氓文化節到了
他們代表這個國家系統裡的軟件詩人
拿起筆來展示奴性的嘴臉

二〇一七・九・三〇

不消費的人是可恥的

糟糕，你又遇上一個賣屁股的
　你總是讓他們失望

他們不關心南海仲裁
你關心豬的命運……

　他們每天都在努力賺錢
你自己手淫，不消費的人是可恥的

你意淫糟糕的國家像蛋糕被切成一百塊
　你的故鄉是甜甜的……奶油味
等同於百分之一的不丹王國的幸福

在幸福的小巷
你又遇上了他
這次，你沒有讓他和他們失望

你撅起愛國者的屁股開始消費……

二〇一六・七・一五

非人國

他一直很愛國
一直睡在中國夢裡
直到這一天，洪水奪走了他的孩子

他和倖存的村民去上訪
被警察一直鎮壓在邢台
一直沒有媒體報告實情

還有一些更愛國的人
他們的孩子暫時沒有死
他們為中國夢不停地刪微信刪微博

八國聯軍攻打北京是什麼時候的事？
中國鬼子比西洋鬼子東洋鬼子更毒惡
中國鬼子在中國叫愛國者

二〇一六・七・二四

虹膜

警察太多教堂太少
裝不下就跑到大街上
跑到地球的最東邊
裝無數個攝像頭
沒有用的眼睛看不到真相

看不清囚車和灑水車的車輪通往未來
還是通往埋葬父親的方向

遺棄的鄉村裡遺棄掉我的沒有被洗過的記憶
我的虹膜裡的彩虹被阿丙的二胡帶走
下一個城市的下一棵樹下坐著的一隻蟲子
吃光一片落葉，我的心碎之前的記憶

二〇一五・九・一七

詩歌的力量

詩歌的力量超越動車
會把一個人的城堡帶到海邊
在更大的房間裡倖存下來
樓上樓下可以披上床單續夢

石頭雕塑是五二三的座標
林正碌工作室是我們的基地
窗外的陽光讓水沒有馬上結冰
看見流浪狗就會思念詩人何路

體制內不受歡迎的詩人
他們屬未來，那些可以打敗魔鬼的孩子
母語延遲你的死刑，給你機會越獄
再被互聯網搜索捕捉

這個冬天，熱的軟的饅頭會變得
和雞巴一樣硬，我不會離開石頭雕像
流浪狗不會離開海邊的城堡
我的傷口可以超越火車鳴叫
讓迷失的救護車為——
為詩歌讓出一條道

二〇一三・一二・二七

叛國者

電影中的僵屍
生活中一直存在
比如那些愛國者
那些喪失人性的動物

他們會把渴望自由
渴望美好生活的
偷渡者，送回朝鮮處死

一次又一次的洗腦
新聞不自由或造假
出版被壟斷書號被販賣
信息被他媽的防火牆監控屏蔽
和諧和流氓可以當同義詞通用的國度裡

我只能選擇做一位叛國者

我此刻正在玩——
植物大戰僵屍的遊戲

二〇一三・一二・二九

兩隻青蛙

莫言做了一個夢　莫言高興地笑醒了
他夢見自己赤裸裸的　他忘記了在夢中問另一隻青蛙
像一隻青蛙躺在一面紅旗上　——蝗蟲好不好吃
他的身邊還躺著赤裸裸的劉曉波

兩隻青蛙有說有笑
躺在紅色的床單上
紅色的床單躺在一條小船上
小船在大海裡飄啊飄
飄過防火牆
很快就飄到了瑞典

二〇一三・二・三

藍色床單的邊緣

一次性的床單
　重疊在一只紙箱裡
　　共五千條

另有一條藍色的床單
　每晚關心你的疲倦
和一個又一個重疊在一起的夢魘

你進出在庫房裡
　你從事醫藥器械庫管員的工作
那些安全套流產藥具的數量和你有關係

紅色的床單在飛
　它是小小的胎兒的翅膀

很容易被各種品牌的藥具和諧掉

它曾害怕小小的棉球
鑷子，剪刀，手套，消毒水……
它的夢想是出生在壞男人壞女人的家庭裡

現在，它的夢想停留在垃圾站
它等待下一班車
帶它去藍色床單的邊緣生活

二〇一二・二・二一

失眠

住在我隔壁的夫妻
嘰嘰喳喳喳嘰嘰
用方言吵架有時還摔東西
讓我怎麼努力去睡都睡不好
後來天亮了
太陽透過窗戶把光撒到我的床上
我還要努力去睡
於是閉上眼睛這麼想：
住在我隔壁的男人如果和另一個男人結婚
住在我隔壁的女人也去和另一個女人結婚
他們四個人同時住在我的隔壁
他們同時吵起架來又會是怎麼樣？
如果是四個男人和另外四個男人結婚
四個女人也和另外四個女人結婚
他們十六個人同時住在我的隔壁
他們同時吵起架來又會是怎麼樣？
如果是十六個男人和另外十六個男人結婚
十六個女人也和另外十六個女人結婚
他們六十四個人同時住在我的隔壁
他們同時吵起架來又會是怎麼樣？
如果是六十四個男人和另外六十四個男人結婚
六十四個女人也和另外六十四個女人結婚
他們二百五十六個人同時住在我的隔壁
他們同時吵起架來又會是怎麼樣？
如果是二百五十六個男人和另外二百五十六個男人結婚
二百五十六個女人也和另外二百五十六個女人結婚……

二〇〇八・二・一〇

浴男

車上坐滿了臉譜　或
車上沒有坐一個主角
停或走　紅蘋果綠蘋果
　　掛在十字街口閃爍
　　　　轉彎向南
啤酒杯啤酒桶護城河
轉彎找北，車票是鑰匙
打開廣告招牌打開人獸雕塑
高樓伸出五指，大廈伸出手掌
　　把燈光捏成一條蛇
蛇皮和一些臉譜留在護國寺車站
　　到西邊去
童年的西邊

到西邊去
夢遊者的西邊
西邊沒有聖經和麵包
我要找的只是一個大浴池
有機會窺視同性的陽痿
同時暴露出自己的殘缺

愛到二十一世紀
愛就是曖昧
愛情從口中吐出五彩泡沫　把我包圍
我和水龍頭一樣快活地流水流水……

二〇〇三・一一・六

致珠穆朗瑪

我想爬上珠穆朗瑪峰頂
　看一看自己有多高
看一看蚊蠅還能不能叮咬到我
　可是我該用多大的力氣
才能把珠穆朗瑪搬到我的臥室來
　讓它陪我睡覺作美夢
啊　我想摘下全中國男人的睪丸做輪子
啊　十二億睪丸做珠穆朗瑪的輪子
我推著它飛快地奔跑奔跑奔跑……
　太陽受驚地躲進烏雲裡邊
　啊　我推得太快了啊

我來不及再停下來做夢
珠穆朗瑪像雄偉勃起的大雞巴
從荒涼的大地上跳起來
啊　一下子插進了馬里亞納海溝
從此世界上再沒有最高的山峰
從此世界上再沒有最深的海溝

二〇〇二・二・九

一個偉人的遺言

一百年以後
啊　一百年以後
我很有可能成為中國歷史上
最偉大的人物
而一百年以後
所有的妓女都可能升值
每一個嫖客手中都可能有一張
面值萬元的人民幣
不！不！不……
千萬不要把我的頭像印在萬元鈔上
我無法忍受在嫖客和妓女手中運轉時
還保持著自己的尊容
千萬不要把我的頭像印在萬元鈔上啊
如果你們一定要紀念我
如果你們一定要把我印上萬元操（鈔）票
就請把我的屁股印上吧
為了增加藝術效果
你們可以把我的屁眼塗上口紅

二〇〇二・二・二一

在夢中

一個盲童
光著腳丫
舉著彈弓

他問我喜鵲在哪裡
我指給他一棵黃連樹

他從內衣口袋
掏出一塊糖
向烏鴉瞄準

二〇〇〇・五・二八

夢中魘住的地方

那是在春天
幾個頭上生蝨子的孩子
捧著罐頭瓶去捉蝌蚪

走在醫院西側的坑塘邊
蝌蚪最多的地方
浮著腐爛的雞屍鼠屍
血淋淋的女人經紙從牆洞那邊
成包成團丟到這邊水草裡
灰綠色的條條螞蟥沒命地鑽進去

被風乾的流產出的孩子只有文具盒大
躺在灰白蛇皮纏繞的亂石堆裡
一棵彎脖的柳樹上曾吊死過玲兒的娘

……黃昏的時候多麼恐懼
太陽像鬼燈籠掛在樹丫上
陰影越來越長地向人靠近……

我回到玉米稈垣牆的家
回到枯瘦的姥姥身邊
透過新織的蜘蛛網
望著窗台上玻璃瓶內
游動的黑色精靈
卻怎麼也不相信
牠們是青蛙的孩子……

二〇〇〇・八・二

夢魘

賣淫女在夢中
撕碎了母親的乳房
同性戀在夢中
咬掉了父親的陰莖
盜墓者在夢中
挖走了上帝的心
一個野種孩子
在夢中
用公牛的睪丸作子彈
向太陽砰砰連放兩槍
一位童話詩人
在夢中
屙了一泡龍屎
屎殼郎長大推著地球轉動

二〇〇〇・八・三一

人屎咖啡

貓吃了咖啡豆
拉出的屎一斤可以賣五百美金
大象吃了咖啡豆
拉出的屎一斤可以賣一千美金
……這個奇趣的報導就是在引誘
那些想像力豐富的窮人
……去吃咖啡豆吧
……去吃咖啡豆吧
……一定要多吃咖啡豆
……每天製造出一百斤人屎咖啡
……賣給有錢人
……賣給正在開會的人大代表
他們一邊喝人屎咖啡
一邊討論怎麼搞好中國的經濟

這還用討論嗎？
所有買不起房子的窮人
……每天必須吃一萬斤咖啡豆

二〇二三・三・一三

第一輯

去一個沒有愛情的地方

同志

我沒有握過幸福的手
幸福的手應該是女性的手
能夠包容男性的手
我忘記了性別
但沒忘記向幸福伸出手
這是孤獨的手
我脆弱地插進自己的口袋

這是冰冷的手
它尋找著相同的體溫

二〇〇二・七・五

愛情去了哪裡

一個空杯子加一個空杯子
不等於兩個空杯子
等於一個大空杯子
……
使用過杯子的人
和沒有使用過杯子的人
他們都去了哪裡？
……
一個又一個大大的大大的
空杯子堆滿四周
像空空的房間
像空空的蜂巢
……

雪花正在一片加一片融化
那一大滴的水去了哪裡
一滴眼淚加一滴眼淚
那一大滴的眼淚
那一個悲傷的人去了哪裡
……
高高的杯子在複製
高高的空虛……
不停地複製不停地累積不停地相加
一個空杯子加一個大大的空杯子
不等於兩個大的或兩個大大的空杯子
等於一個大大的大大的……
空房間裡使用過空房子的人

和沒有使用過空房子的人
他們都去什麼地方採蜂蜜？
……

二〇一九・二・九

宋莊沒有愛情，只有藝術家

你忍心把長頭髮的男人關在門外
他的存在是一頁揉皺了的草稿
重複使用動詞，名詞，形容詞……
把平庸掰成兩瓣還是平庸
把無聊顛倒成「聊無」還是無聊
一定有些什麼東西可能不是東西
是一首詩的因果嗎？
讓你愛上從沒有注解過的詞組
短頭髮的男人是一個字
讓一個字去敲一萬次門
禿頂男人只是一個句號
……讓他幫你關上大門
直到稿紙最後用完
也不讓長頭髮的藝術家闖進你的後花園

這虛構的愛情是一冊過塑的銅版書
請不要輕易打開
封面上沒有標明……期望犯下的罪孽

二〇一六・六・二六

84消毒液

我站在庫房的門口等你
站累了就坐在一箱84消毒液上
我繼續等你來提貨
今天的天氣還不錯
時而陰冷時而有陽光撒在身上
你比我年輕
你比我帥
你比我幸福快樂吧
你快開著私家車來提貨吧
採血器採血針可以暫時不要
止血帶創可貼可以暫時不要
壓舌板刮宮板可以暫時不要
肛門鏡陰道擴張器可以暫時不要
……

你是一個幸運的業務員吧
你比我年輕就好
你比我帥就好
你比我幸福快樂就好
我等你來　坐在庫房的燈光下
坐在一箱二〇一三年三月過期的84消毒液上
你美好的家庭裡缺少不了消毒
你就開著私家車來提一箱1×30瓶的84消毒液吧
我不是老闆
不清楚一箱84能賺多少錢
我只想知道
你比我年輕比我帥比我幸福快樂就好

二〇一二・二・二五

愛情詩

是你在墳墓裡哭泣嗎
為什麼要讓我一個人聽到
是沒有路可以走了嗎
我來到墓地
我鑽進你的墳墓
找到你的盆骨
抱起你的盆骨
做一個咬一口的動作
——爽嗎？親愛的
我輕輕放下你的盆骨
放下你的一切
然後離開……

這是你帶給我的靈感嗎
——謝謝
我祝賀自己又寫了一首愛情詩

二〇一五・七・三一

去一個沒有愛情的地方

去一個沒有愛情的地方
沒有詩歌
沒有獎品
也沒有毒品
只有清一色的女工
她們每日每夜都在生產加工
仿真人體器官

二〇〇五・五・二五

悲傷是沒有用的

悲傷是沒有用的
憤怒也是沒有用的
吃飽肚子再去喝茶也是沒有用的
去喝酒再發一次瘋也是沒有用的
坐著躺著行走也是沒有用的
讀書讀報紙看電視上互聯網也是沒有用的
上廁所上浴池把鬍鬚剃得乾乾淨淨
這些都是沒有用的……
無論你怎麼努力
都是一個文盲
一個上過大學的文盲
一個當過編導的文盲
拿著攝影機教育自己的兒子：
「我情願自己的兒子是一個強姦犯
也不願意他是一個同性戀！」

二〇一四・一・三一

五二三孵化基地

有一個小偷
正準備穿越時空
來到老胡的畫室
偷吃一瓶湖北產的黃豆醬
這是一瓶曾梵志愛吃的黃豆醬
這是一瓶老胡最愛吃的黃豆醬
老胡不愛小偷
老胡喜歡能夠穿越時空的情人
老胡願意用一瓶黃豆醬
去換培根的靈感
老胡願意用兩瓶黃豆醬
去換畢加索的靈感
老胡願意用三瓶黃豆醬
超越所有的大師

有一個小偷
站在培根家的房頂
正準備穿越時空
來到小黑的畫室
偷吃一包湖南產的檳榔
……

二〇一四・二・二五

偽直男

他活到人騙人的年齡
騙到一個洗過腦的女人
　借用她的子宮
　生下一個不懂事的孩子
然後……像正常人一樣離婚
　在沒有花香有標語的街道
　在沒有鳥語有標語的城市
他騎上充滿電的電瓶車送快餐
　……每天的每天
用漢語用信息用手機定義的
　……每天的每天
他在努力地養千千萬萬個
　留守兒童中的一個

這是清潔工清掃過的公園
這是欲望難以消除的夜晚
他穿著棉襖睡在牛郎織女不會來的河邊
他穿著棉襖睡在同性戀約炮的河邊
間歇性陽痿……
間歇性勃起……
他的間歇性抑鬱
來自適合偽直男生存的國度

二〇二一・四・一四

偽抒情

我們的……
價值觀已經顛倒
唯一可以寄託的是性交
性愛是另外一種有病毒的水果
有時想吃還吃不到……

你本該多汁多肉……
而你越來越乾癟
你不能成為別人的水果時
你一定要成為一次性的餐具

你和他本該
共享一個飄雨的春天
但沒有，因為缺少真愛
連傷感的故事也不會有
你和他本該
永遠睡在一張墓床上
但沒有……他拔出陽具就把你忘得乾乾淨淨

二〇二一・四・一五

最後還是凋零

再活三個小時　很快，就結束了
天就要亮了　很快，使用過的詞語會分離
在黑夜裡　再凋零……
我讓我無處睡眠
用站著的姿勢　死去三個小時後
用不用腦子的方式　睜開疲憊的眼睛……
說：血管啊膨脹或快快快地痙攣　感受陽光照在落葉上
這是兩個陌生人的黑夜
以兩朵花朵的名譽
在孤獨的最深層
……肉和肉組合

二〇二〇・六・三

越接近末日，越要去快樂

一個農民工知道了鳥洞的事
另一個農民工也會知道
另一個商販
另一個買過商販鞋子的醫生
……
他們和另外的邊緣人都會知道
鳥洞的事……是家事國事外的好事

當老教授講完文學經典
他換乘三次公交車
第三次光臨這裡
他不需要知道隔壁的
那是漢語詞典的
第幾頁可以形容的臉

他總會從鳥洞那裡得到
用加減法複製過來的快感
哦！感謝鳥洞版的人生

二〇二〇・六・一四

神馬都是浮雲

買電動陽具
送ＶＲ眼鏡
買ＶＲ眼鏡
送飛機杯
買飛機杯
送馬眼棒
買馬眼棒
送潤滑油
買潤滑油
送鎖精環
買鎖精環
送安全套
買一百個安全套
送一冊《性愛指南》

因為很多人不需要愛情
所以馬雲家的網店生意很好

二〇二一・九・六

元宵節快樂

元宵節如果不吃元宵吃什麼？
　可以吃和元宵一樣大的雞蛋
　可以吃和元宵一樣大的草莓
　　　……這個時候
　　也可以吃一本書……
一本厚厚的詞典從高高的書架上
掉下來，砸在元宵大小的腦袋上
啊！……有一個男人正從櫃子裡鑽出來
　　他脫掉褲子……
請你吃元宵一樣大的睪丸
　你想多快樂一會兒
要有禮貌地問一下他：
「你的老婆去買元宵什麼時候回來？」

二〇一九・二・一九

少年的腳

停止追趕
停止流浪……
回到一個人的小屋
他的腳上沒有長雞眼
他的腳洗得乾乾淨淨
當他不讀書時
就把一隻腳丫放在書上
他的腳正放在一本愛情詩選集上
放了很久很久……
他的腳正放在一本愛情詩選集上
眼角掛著淚水，嘴角掛著口水，他睡了

二〇一七・九・二四

省圖書館

你到過省圖書館嗎
它像一隻巨大的陰囊
匹配在又硬又長的嵩山路旁
每天的每天
當孔子頭顱般的旭日
高高升起時
衣冠楚楚的學者邁著
彬彬有禮的腳步
走進書和報紙的滄海
尋找到一些破銅爛鐵
啊
這是知識的沙漠
我們的乾渴離抽水馬桶那麼地近
啊
精神的陽痿患者

我們的生存是不是永恆的職業

你到過三樓嗎
三樓有免費的殘缺不全的書刊
啊　三樓有老中青三代同性戀
你快快去ＷＣ吧
那裡的人與人隔板
有圓圓的洞
曖昧的洞
啊
讓我們相互貢獻一次肛門吧
讓我們相互戴好安全套
讓我們相互勃起——瞄準——
可喜可賀的薔薇色的屁眼
啊，啊，啊！啊……

我們被金錢腐蝕的肉眼失明了　會深沉地落下去
我們每一個汗臭的毛孔睜開天目
發現了文化的三角褲頭掉在地上　二〇〇一・九・一三
啊！文化的寫真集
赤裸的大理石或漢白玉
痙攣著薔薇色的屁眼

哦
哦……
又是一天的一天
你遺下精子離開圖書館
離開哲理與屁眼
離開滄海與乾渴
哦！尼采頭顱般的落日啊

村裡的大事

二嫂改嫁給狗哥
每次房事
二嫂總是嘆息
……狗哥的活兒小

狗哥去請教兩位舅舅
大舅是鐵匠
二舅是裁縫

一個說把他的打腫再幹事
一個說把她的縫上兩三針

二〇〇〇・一二・二三

工具人

在最孤獨的一個週末
你願意抽出已經彎曲的時間
去一個定位準確場景有些模糊的地方
……一個不需要燈光但又安全的公園
陌生人，陌生人，這裡只有陌生人……
一片樹叢，另一片樹叢，還有一片樹叢
在更深的樹叢裡……
觸手一樣伸出觸角一樣的生殖器
只為簡單成相互有快感的工具
你可以是他的飛機杯……
他可以是你的前列腺按摩器……

在彎曲的時間裡
度過一個你和他都想要的週末

二〇二三・三・四

瘋掉的女人

不喜歡這個男人
也要嫁給他
因為喜歡他的錢
等他發洩完
等他甜甜地睡去
拿起自己的絲光襪勒死他
把不喜歡的男人存進冰櫃

用丈夫的錢給男主播打賞
用丈夫的錢網購電動陽具
她曾經向丈夫發過誓言……不離不棄
她每天都會打開冰櫃
一邊哼唱丈夫最喜歡聽的歌
一邊欣賞丈夫完全妥協的屍體
然後從屍體上取一些……
自己最愛吃的蔬菜和水果

她繼續給男主播打賞
她繼續使用電動陽具……

二〇二三・三・二〇

退休老人和大衛雕像

這個時候
不需要風
這個時候
牆裡牆外的樹都光禿禿的

他口中的陰莖長時間不能勃起
我可以繼續去想另外一個男子……
他有飽滿的胸肌，質感的腹肌
他有一根被雕琢打磨過的陽具……

在牆角裡，他解開寬鬆的褲子
給我看雜亂的……
像魚刺一樣的白色陰毛
老年斑爬上陰莖後讓陰莖看上去無用……

這個時候
不需要光
這個時候
我可以閉上眼睛去想另外一個男子

二〇二三·三·二

第二輯

他們

小村在雨中

雨一滴一滴滿天滴落
落在樹的生殖器上
落在電線桿勃起的陽具上
落在墳塚鼓起的睪丸上
哦！還會落在青頭小夥孤寂的心上
一條小路
讓小村和小村距離很近
小村的小路上走動著青頭小夥
抬起頭看這滿天的雨一滴一滴
瞄準般地滴落
菊花爺爺在樹林裡放羊
菊花爺爺一個人是在墓地放羊

哦！菊花爺爺
聽說你會搞同性戀——
可不可以教我？
菊花爺爺看著青頭小夥搖了搖頭說：
我曾經和你的爺爺睡過
你的爺爺結了婚，讓我獨守寂寞
二十年後，我又和你的爸爸睡過
你的爸爸結了婚，讓我忍受折磨
……爺爺的菊花早已經凋落
只有這一滴一滴的雨聽懂我的訴說

二〇一三・一・二一

走在我右邊的兄弟

太陽升起來的時候
走在我右邊的兄弟
比我年輕
鞋子上還帶著油菜花的清香
他匆匆地趕路
影子遮擋住了我的臉
我額頭的汗水已經冰涼
眼角的皺紋還在延伸
冷笑與他搭話
言語中漏下槐花般的憂傷
我知道他不會停下來
我知道我不會停下來

太陽落下去的時候
走在我右邊的兄弟
回憶和我一樣美好的兄弟
他匆匆趕路時
被我的影子全部籠罩

二〇〇一·七·八

植樹節

十年前……
詩人劉不偉策劃了一個植樹活動
邀請的全是居住在北京的詩人
包車去北京北郊有山也有水的一個地方
每一個詩人種下了一棵樹……

我記得自己種下的是一棵松樹
那棵松樹可能已經長大了
我自己去找可能也找不到它了

當我選擇種植位置時……我想了又想
如果這棵松樹長大後
會不會有人來這個地方上吊自殺……
想死的人會選擇死在山頂還是山腳下？

……不敢與天爭高
於是，我就把自己的那一棵松樹種在了半山腰

二〇二三・三・六

上帝住在體制外的天堂

在楊閘

我再次見到了林童
他的皮膚黑了
白頭髮長出來了
寫作的激情和野心都消失了

我們喝啤酒
再次聊到了夏子華和上帝
一個住在體制內的監獄
一個住在體制外的天堂

我們都被汙染了
不應該告訴上帝
上帝不是清潔工

我們自身的肮髒
應該由我們自己去清洗

二〇〇九・六・二一

給H

你太瘦了
比紅花瘦多了
你的頭髮太長太扭曲
沒有一點安全感

靠近你的肛門
是一種接近天堂的幸福
靠近你的心呢？

親愛的寶貝
你早已經學會像女人一樣哭泣
然後學會堅強
把無情的男人一個個埋葬在一顆冰凍的心裡

二〇〇八・二・九

給H 2

自殺是天才的專利……
平庸的男人活到可恥的中年
排著隊……等待領取
那些無恥的老頭領剩下的標籤

那一幅鼻青臉腫的速寫……
不用猜測就知道
酒精讓你過度使用殘花敗柳的近義詞
去勾引被陽光直射注解的某一位男子

臉皮厚是繼續活下去的理由……
別用名詞和形容詞感動格式化後的心靈

二〇一七・三・二〇

給崔子恩

親愛的崔老師
感謝你向國外的出版商推薦
墓草的詩歌和小說
——為什麼在中國
我只能是《棄兒》
夜已經深了
我又渴又餓
讓我吃兩口你的乳頭好不好
我先吃你左邊的那一個
現在左邊的乳房屬我
我再吃你右邊的那一個
現在右邊的乳房屬我
哦　我好幸福啊

……
夜已經深了
如果這時莫言也來找你
我該把左邊的乳頭讓給他
還是右邊的？
如果這時韓寒也來找你
我命中注定又沒有奶吃了

二〇一三・二・三

給[redacted]林

通過叢小嘩
讓我再次聯繫上你
知道你正在生病——
發音不準……嘴巴歪了
哦！可憐的老哥哥
我此時卻不能去濮陽看望你
睜開眼，我只能看見一張張狐狸皮
這是我在北京的工作
哦！老哥哥
生病沒有什麼不好
一個人躺在床上看點滴
葡萄糖瓶子會帶著你去飛
孤單的心靈
在這個時候最純粹
在這個時候最容易和上帝交流
很多很多很多的時候
我們為了工作，為了家庭
或為了名利和金錢
忙得不分晝夜
忙得忘記自己是誰
哦！老哥哥
生病沒有什麼不好
生病是靈魂正在長出翅膀

二〇一二・六・一七

給G

高高的山頂上
只生長一棵水果樹
只生長一顆水果
比苦瓜還大
和冬瓜一樣甜
有五千萬個警察日夜看守

你如果想吃一口
只能用歌功頌德的詩篇去兌換
一本有ＣＩＰ數據的詩集
只能兌換一小塊瓜皮

二〇一四・三・一三

給魔頭貝貝

又是凌晨四點
酒鬼嘔吐時間
你打來電話，是因為別人關閉了門窗
接一次長途，等於花掉你在微信群搶到一百個
紅包
你在現實中尋找大哥
……忘不掉少年走進監獄
青年走出來，開始寫詩
該寫的還沒有寫完，已經到了中年
醉言醉語發表……
你曾經借錢請何路和管黨生嫖過娼
你需要錢的時候

你的大哥不見了，心痛還在
我又該怎麼去安慰一個酒鬼
無論是操別人的屁眼還是被操時
我從沒有幻想過你和臥龍崗的地名
我幻想被一滴眼淚打溼，騎上一隻螞蟻飛向月球
……我不喜歡比我弱小的男人
我不喜歡詩寫得比我還差的詩人
我不喜歡戀父戀母戀大哥戀腳戀屎戀尿
……我的年齡越大，也越來越不喜歡自己

二〇一六・七・九

致風先生

這一場大雨，趕走所有人
　公園像灰暗的子宮
剛剛流產，又懷上人類的孤獨
　一根魚刺代表一個人遊行
　　在雨中……
　無緣一見的自由
夜空下，路燈像塑料花朵一直盛開
　遊蕩在花朵指引的街道上
　標語是不能迷路的門牌號
　　回不回家？
回家成為標本，像蝴蝶完美地死去
　一滴眼淚，青春的光芒
　黯淡了……黯淡的世界

二〇一六・六・二四

致小保安

他穿著保安制服
　還有紅袖套
站在擁擠的街頭
　沒有受過軍訓
也沒有受過黨的寵愛
　看上去很傻
街頭的垃圾隨風飄
很快，像旗幟降下來
　為了他的傻模樣
為了擁擠的人群有飯吃
　我突然停下腳步
　站成垃圾桶
我的垃圾桶裡裝著一首
剛剛為你們寫出的詩歌

二〇一二・七・二四

致菊花詩人

你飛不起來
一臉的苦笑
走在迷霧中
找不到性的取向
也就找不到出口

過去很久了
老詩人戴著面具死了
年少的詩人學著牛郎哭織女
從一朵菊花的凋謝
到滿紙的菊花埋入雪白
詩就是這樣煉成的
靈魂就是這樣安息的

他還不曾說愛你
用陽具穿透你的偽裝
你一臉的苦笑
停留在自身的陰影中
聽傳說的愛情在遠處轟鳴

二〇一一・一一・四

一粒芝麻

在通往美國出版社的路上
我收穫了一粒芝麻
和相處了十年的朋友
一起分享一粒芝麻帶來的快樂
突然被他傷害
痛到心靈深處
一粒芝麻點燃嫉妒的大火
讓我看清朋友隱藏了十年的人格障礙
我的孤獨無法取代他的孤獨
孤獨的人是沒有才華的

我失眠一夜
繼續寫作繼續走自己的路
為了再去收穫一粒黃豆
我會越來越孤獨
我會越來越愚蠢
死在沒有一個朋友的路上

二〇一五・九・一八

里爾克

里爾克穿著女孩子的服裝
　走過童年的春天……

他孤獨內向膽怯羞澀的性格
　不敢折花園裡帶刺的玫瑰
他逃避軍事學校變性般的生活
　他需要母性般的女人愛他
他活在他的《杜依諾哀歌》裡

可憐的一生漂泊的里爾克同志
沒有人理解你嚴重的同性戀傾向
並幫助你找到童年遺失的男孩玩具

二〇〇二・八・九

他們

母親舉著燈籠般的乳房
尋找哭泣的人

她要找的人
不在這裡也不在那裡
我們和你們都已經白髮蒼蒼

她要找的人
一定是他們
他們是被燈光包圍的黑夜
他們是被黑夜包圍的孩子

二〇〇〇・一二・一六

他們披著床單飛走了

尋找一個位置入睡
我沒有看見他們披著潔白的床單飛在天空
在一片陰影裡有一所空房子
繼續尋找一個水桶
通往前世與來生
在一滴冰涼的水裡入睡
我看見你紅色的裙子
洗過後更紅的裙子掛在繩上
慢慢褪色　你一直沒有回來
在一滴冰涼的水裡繼續入睡
被製成紅白兩色的冰淇淋
拿在穿黑色內褲的男孩手中
他吃完冰淇淋
游過一條河

尋找一片陰影入睡
夢慢慢褪色　他一直沒有回來
另外一滴水裡空出一個位置

二〇一一・七・二三

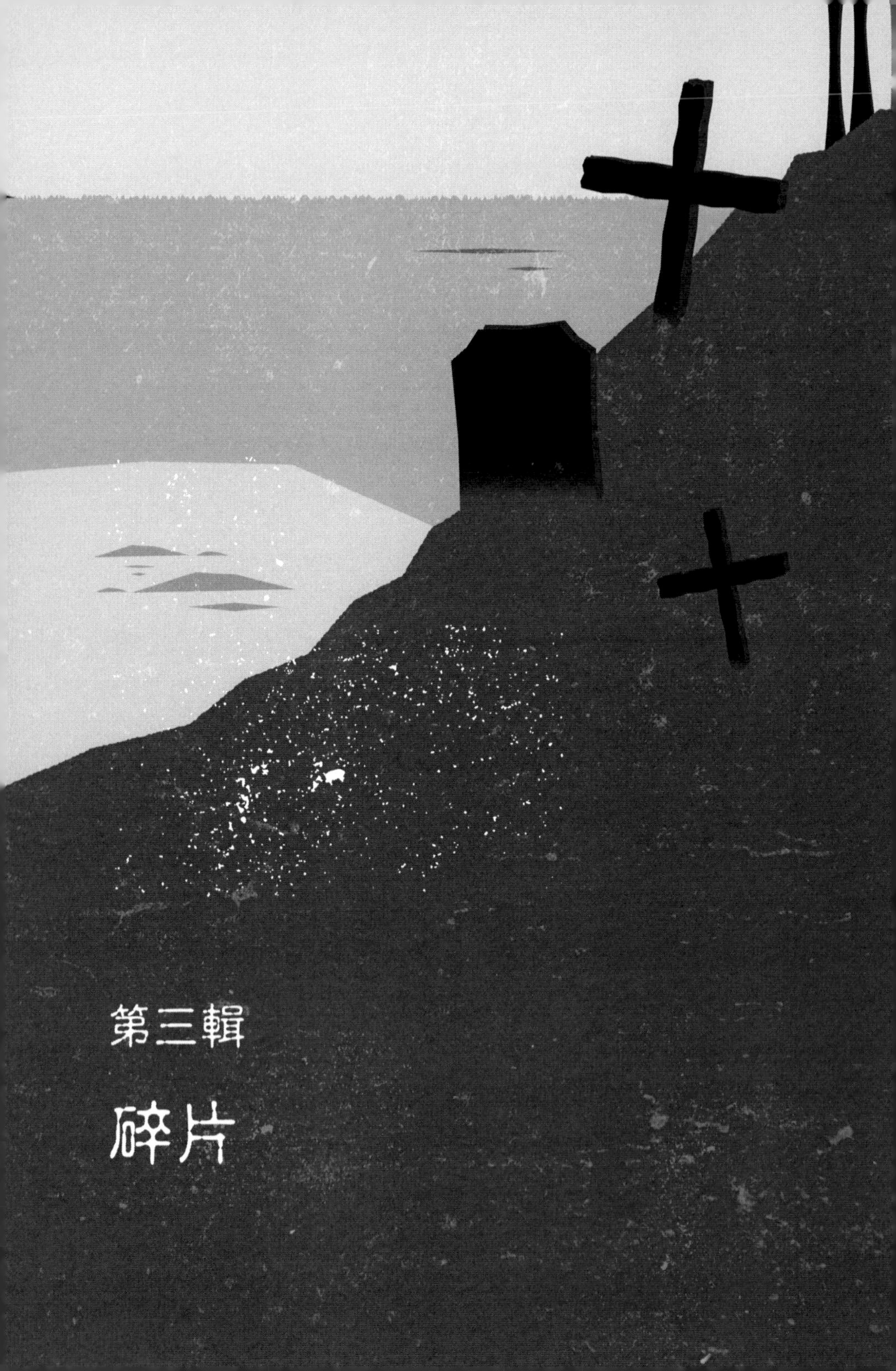

第三輯

碎片

碎片

他死了　快快快……操死我吧
因為沒有死乾淨
留下一個碎片　我死了
　　　　　　　你會撿到兩個碎片
我是在陽光下
還是在月光下　二〇一五・八・一
撿到這一個碎片

我已經老了
留著這一個碎片幹什麼
你想操我嗎
在陽光下操我
在月光下操我

夢的碎片

語言在汙水河裡死去
製作紙張的工人死去
枯死一半的老樹下
站著一個男神
他正準備死去……

我還沒有走到那棵枯死的樹下
我還沒有得到男神的真愛
我已經老了
正被死去的語言帶走
……汙水河奔流不息

空白的時間裡
沒有性別的石頭
空白的方塊空間堆滿四周
沒有性傾向的泥土
……一動也不動
誰的腳正準備移動
每移動一步就老去十歲

二〇一七・九・二四

回答黑眼圈

除了賺錢
下一秒
會接著疲倦
讀不懂和廣告語脫離的文字
加標注的他
不等於生育的一部分
……
繼續工作
一個人喝咖啡提眼袋
剪輯複製的碎片
在另一個碎片裡
特效的光環裡動一下鼠標

他不等於他的睪丸他的夢遺存在
他為明天賺火葬費
她為明天生育刻墓碑的人
……另一個他
借用路燈
停留在
天亮之前的
禁止停車的指南針的位置
……再堅持一會兒吧
他會在天亮之前

連接好碎片
回到自己為自己空出的位置

二〇一八・九・九

黑暗中

燈沒有亮
我不準備開燈
想再躺一會兒
起床穿衣服？
然後，尋找最孤單的一個男人
給他口交
給他潮溼的肛門……
我用二分之一的愛愛他
我現在只能用這麼多
燈沒有亮
我身邊的女人懷孕了
明年，我不準備開燈
想再躺一會兒
起床穿衣服？
然後，尋找最幸福的一個男人
給他口交
給他潮溼的肛門……
我用三分之一的愛愛他
對不起，我只能用那麼多
如果燈沒有亮
如果準備讓女人懷上二胎生下二胎
我只能用四分之一的愛愛他
或用更少更少的愛去愛他……
直到有一天
我的孩子也生下孩子
我感覺自己真的老了

再也拿不出一點點的愛去愛別人

二〇一六・一〇・一四

讚

我生下一個比鵪鶉蛋大的雞蛋
不準備乳化雞
也不乳化鴨
就乳化一個天鵝吧
讓她嫁給上帝的大兒子癩蛤蟆
讓我的詩歌成為她的陪嫁

二〇一九・二・一四

大廚師

火車經過廚師的家
　廚師的枕頭
　枕頭上的夢
　夢中的一把刀
　替廚師工作……
把火車切成公交車
廚師坐上第一班公交車
　終點站到了
　　廚師下車
　等末班車上的詩人
他想教飢餓的詩人怎麼切黃瓜

二〇一九・二・一四

我在哭泣

我哭泣
為失去的陽具和子宮哭泣
我因為哭泣而活著
我的淚水一大滴加一大滴
我的淚水淹死了我的心
我的詩歌一邊苟且偷生一邊拯救冤魂
我死去的冤魂很小
很小很小……
小到連螞蟻也看不到
小到連神也看不到

二〇一九・二・一四

雪花

冷……
是因為你沒有和雪花戀愛
是因為你怕凍傷面具後的臉
雪花只愛潔白和潔白的一大片一大片
你至少應該是一頁白紙
沒有被文字顛覆過
你是一頁沒有被使用過的白紙嗎
你願意使用自己嗎
……快去愛寒冷吧
什麼都不要再疑問
你可以睜開眼睛或閉上眼睛
靜靜地感受被雪花埋葬後的潔白
和潔白的一大片一大片

二〇一九・二・一四

Rush瓶打開

在缺少燈光缺少月光
也缺少愛情的橋洞下
黑黑的，什麼也看不清
　只能感受到
　他用細細的
比筆芯還細的
不能再細的……抽插動作
很快，他把不想再積蓄的詞語
　裝進了避孕套
　扔進了臭水河

二〇一八・一一・二六

啊……

螞蟻掰彎了毛毛蟲
啊……
螞蟻的力量真大
啊……
螞蟻一樣的人生
啊……
怎麼掰也掰不動
幾個錯誤的漢字組合
啊……

二〇一八・一一・二八

哦……

哦……
這是一頁白紙的時間
哦……
這是一支圓珠筆的時間
哦……
這是放棄握手的手的時間
哦……
你一定要寫下那些從沒有出現過的名字
用盡你的一生的情感和想像力
去和這些虛擬的名字發生關係
並且愛得死去活來
哦……

二〇一八・一一・二八

七月八日

一個燒餅，一碗胡辣湯
在我的肚皮裡組詞造句……
早餐？這是我一個人的早餐
沒有更多的意思！……
中午，又一個燒餅，另一碗胡辣湯
在我的肚皮裡重複組詞造句……晚上
我讓白吉饃代替燒餅
讓丸子湯代替胡辣湯……
讓七月八日的肚皮代替七月七日之前的肚皮……
之前，我不吃不喝肚子一直在脹痛
葡萄糖瓶子正在搶救我肚子裡死掉的千千萬萬個詞
七月九日，我可能繼續在生病……

二〇一七・七・八

鳥洞

火車經過鄭州
走下一位不完美的男人
他使用完美的幻想
和有光芒的文字
帶著自我進入有鳥洞的公廁……
門和門必須關上
傳統的體制的必須關在門外
白鳥用期待中的姿勢等待黑鳥
……流口水的過程
不加標點符號的過程
有節奏感……
比文字還要深入
……就這樣吧

二〇一七・九・二〇

不具體的疼痛

美男脫掉衣服會更美
幻想的河流不僅能看見魚
還能看見兩隻大腳丫

游動的一串省略號
跟隨另一串游動的省略號

欲望會爬上樹梢
採摘眼睛裡的星星

……一串他的呻吟
答謝美男的器官

二〇一七・九・二二

食物

少年死去
手中的大餅也死去

一個老頭坐在少年死去的地方
吃手中的大餅……

時間飛逝
有一次，大餅掉在地上

雨滴來到這裡滴落
雨滴使用麥子的語言解釋大餅

二〇一七・九・二八

炮友

不需要對他忠心
看不見猴子的日子
可以找一個小熊來代替
用鼻子吸另一小瓶的RUSH
身體一搖晃
午夜就過去了
我曾一次又一次死在別人的屍體上
當我又死了一次的時候
他來了，他來看我提上褲子
鑽出一片樹叢
然後，讓我看著冷漠的他鑽進這一片樹叢

……後來
我又遇上了他
又提著褲子鑽出另一片樹叢
給他讓屍體
讓他舒服地死在我的位置

二〇一六・七・二五

哦！春天

你回眸一笑
會讓我精神錯亂
未婚的男人愛上離婚的男人
一起成為可憐的笑柄

街道寫滿「拆」
這還是記憶中的街道
你和我手牽手
或肩並肩搬到另一個街道
這還是有霧霾的春天

一起學會忍耐主流的霸權
像野獸在霧霾的春天裡獲得自由
一個男人讓另一個男人
不再彷徨，不再性飢渴……
兩個男人就這樣逃出傳說中的婚姻
逃出道德圖解的世界……

哦！永遠懷念那個有霧霾的春天

二〇一〇・四・一

非主流浴室

新開張的浴室
來的都是有經驗的食客
像洗水果蔬菜一樣把自己洗乾淨
……黃瓜摸一摸另一個黃瓜的光滑

……肉體情願被肉體組合
抽象的和諧號火車……
事實上，你不是一個人
你是第二號車廂……

讓張飛和李逵一樣的食客
帶著洗乾淨的水果擠上火車
你貢獻自己和超現實的意義
比潘金蓮還妖的母1號愛著你們……

情愛只是虛幻中的虛幻
你的腦子裡缺少發條
也缺少齒輪
你知道怎麼利用每一秒

在人人都能意會的廂式小黑屋裡
……有溫度的白色成為主流色

二〇一〇・四・二四

朱星先生在南禮士路公園等　我

第一次到南禮士路公園
遇見了朱星先生
他帶我找了三所公廁
人來人往的　我不好意思硬

朱星先生約我在南禮士路公園見面
我坐七二八公交去了
朱星先生帶我去了浴池

朱星先生約我在南禮士路公園見面
我坐七二八公交去了
朱星先生帶我去吃烤鴨

朱星先生約我在南禮士路公園見面
我坐七二八公交去了
朱星先生帶我去買白先勇的《孽子》

朱星先生還約我在南禮士路公園見面
我在夢中坐七二八公交去了
朱星先生像父親第一次在寒風中等我

二〇〇二・一二・一〇

午夜八次電話

我從洗澡間走出來
老阮幫我擦乾
他裸著皮肉親吻我的體毛
這時電話響了
響過兩下老阮接了電話
一位小姐問要服務嗎
老阮謝絕
繼續他的舌功口功——
像隻燃燒的魚遊遍我每寸的肌膚
像吸塵器要吸走我的睪丸
這時電話又響了
響過五下老阮接到耳邊
另一位小姐問要服務嗎
老阮謝絕

我接著爬上了老阮的背
在需要的部位塗上潤滑油
我熟練地向前挺進
這時電話響了
響過十下老阮接到耳邊
那邊又一位小姐問……
老阮再次謝絕……

已經是深夜了
金鑫賓館的單間內
兩個不要臉的男人睡在一起
讓可憐的八個妓女閒著

二〇〇〇・八・一七

性虐狂

我絕望地留在黑夜
　因為絕望……
小弟，跟我走吧
　一位老黨員
伸出後媽般的手
抓醒我的孤獨與痛苦
他帶著我住進幸福賓館
　他帶著我冰冷的肉體
萎縮在白色的床單上
　燈撕裂灰色的記憶
燈熄滅灰色的記憶

躺到我的懷裡吧！小弟！
給你一百個春天的吻——寶貝！
讚美我吧——小天使……
虐待我吧——爸爸！
強暴我吧——男人！
蹂躪我吧——兄弟！
——騎上我的玉體
像對待囚犯一樣對待我吧
……
我瘋狂地騎上他的背
我陽痿我無淚我用絕望的爪
聽任他語無倫次的指揮——
打碎他的寬邊近視眼鏡

打掉他的假金牙
打得他皮開肉綻——
在他哭爹叫娘的呻吟裡
我無助地聽任他的指揮
瘋子夢魘般地……
用僵硬的手指用啤酒瓶
操他多毛的屁股
在零點鐘聲敲響時
他開始肛裂……發出新嬰兒般的哭泣

二〇〇〇・八・一九

花祭

中等身高的男人做了變性手術
穿上高跟鞋就變成了高個子女人
她把自己淘汰掉的另一個生殖器
　埋葬在一棵丁香花下……

而我不想變得更高大更強壯
因為我厭倦了所有的工作
我幻想把自己變得微小一點
　再微小一點……
可以躺在一朵丁香花上做夢

　　我大聲地喊：我愛你
　　　我的肚子馬上餓了
我聞了一下花香，肚子馬上飽了

我大聲地喊：我愛你
我的肚子馬上又餓了
我聞了一下花香，肚子馬上又飽了
我大聲地喊：我愛你……
我的肚子不停地餓又不停地飽……

那根我熱戀過的生殖器已經變成丁香花的肥料

二〇二三・二・二四

冥冥之中……

大象騎在我的背上
他命令我去海邊
找海豚談戀愛……

當我走得很慢時……
大象就伸出他的大屌
不停地鞭打我的屁股

穿過一道鴻溝……
在海的時間海的空間裡
大象採摘一朵浪花獻給海豚

……被編程好的愛情代碼
在海中不停地複製和黏貼
但是，海水中的精液和生命不足五%

二〇二三・二・二六

他長得很像一個人

他的頭髮和鬍子剃得很乾淨
　他笑起來很像一個人？
　　……我想了想？
　　……我又想了想？
　我的大腦一片空白……

　　　他靠近我
　　他掀起自己的內衣
露出兩粒褐色的黃豆大小的乳頭
　「你想吃嗎？……」

　他不笑的時候也像一個人
　我一直想不起來他像誰？
　如果他的乳頭再大些……
乳房再大些……再大些……
可以肯定，他的乳房再大也不像我的媽

二〇二三・三・六

一包壓碎了的餅乾

他提上褲子走了……
我靠在一棵大樹下

我的小背包裡有一包壓碎了的餅乾
……
我曾經在食品廠裡工作過
知道餅乾是用什麼材料製作的
……餅乾裡有添加劑和防腐劑
這是對身體有害的食品
我有時還會吃……

我有時還會吃……
一個英俊男子的精液
這才是真正的綠色食品
比牛奶更具有鎮靜安眠的功效

剛剛提上褲子離開的男子
他又老又醜……
他就像一包過期的牛奶
他一次又一次抱我……
我一次又一次推開了他……
此時，我只剩下一包壓碎了的餅乾

二〇二三・三・七

不完整的畫面

即使是不完整的畫面
一朵開了一半，另一半不想開的花
我也喜歡……
只能看到半個裸露的屁股
被一隻戴婚戒的手輕輕摳著……
我不喜歡……

活在這個特色的國家
越是落後的城市
……鳥洞公廁越少
我感到孤獨時
……找到了有鳥洞的公廁
證明鄭州市還不是很落後

此時，左右的位置都滿了
蹲下身子低下頭……
窺視左邊門下的縫隙
看到一雙大腳的……前面還有一雙大腳
蹲下身子低下頭……
窺視右邊門下的縫隙
看到一雙運動鞋的……前面還有一雙運動鞋

鳥洞啊鳥洞
有時，你沒有用……

二〇二三・三・八

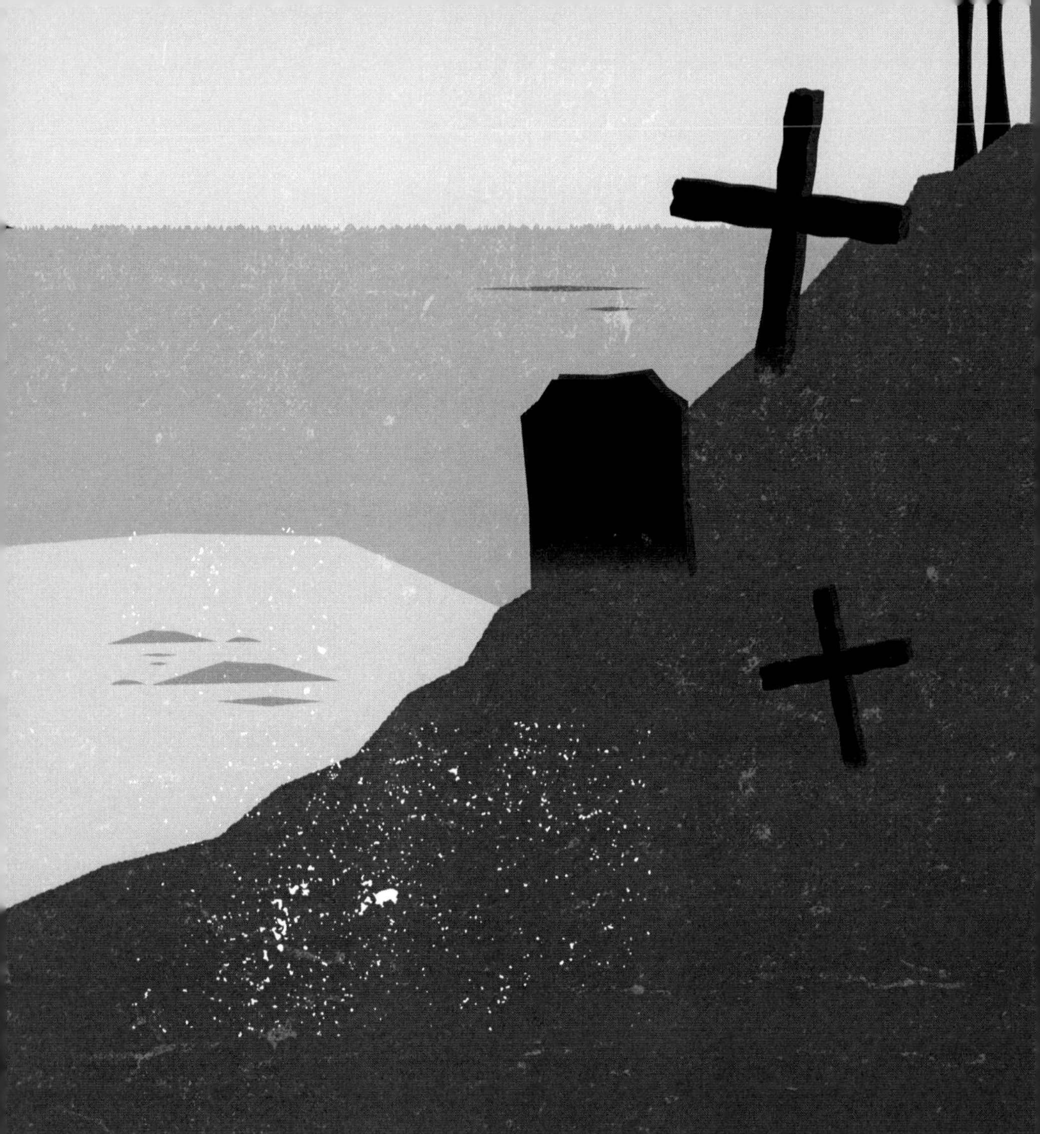

第四輯

你手淫的時候可曾想起我

激情和渴望正在減少

我不喜歡讀長詩……
我是一個孤獨的急性子
你能把你的詩寫得再短一些嗎
這一秒，我願意感受你一輩子的
性和愛……一行又一行
……（加油）又一行
……（加油）又一行
讀你的詩如同和你比賽脫衣服
……我的衣服已經脫完了
……而你的拉鍊還沒有拉開
你總是有使用不完的庸俗的文字

二〇二三・三・一七

送別

像花一樣的男人
他使用水果一樣的語言
即使憂傷
也是冰淇淋味道的
他的臉上沒有貼防偽標記
酒
讓他的顏色
更接近我的心情
他說，他不能再喝了
他有糖尿病
每天都在打針
擁抱像花一樣的男人
感受他身體深處的呻吟

二〇一四・一・一五

海安沒有下雪

餘桃斷袖的故事在我身上不會發生
當然，我也不會學張國榮跳樓
我該使用什麼樣的語言才能打動你
一個捂著傷口過冬的人
孤獨教會我堅持孤獨
用什麼樣的聲音
才能抵達你的內心
門窗上的玻璃比冰河上的冰還厚
尋找愛
我總是迷失方向
空白的一頁也不屬我
把傷口的輪廓留給一個過冬的人
白描的孤獨，白描的寒冷
渡過冰河，穿越玻璃

借用空白的這一頁
下一場雪，一場大雪

把我的左手想像成你的左手
緊緊抓住緊緊溫暖右手
手中的筆顫抖……

二〇一四・一・一六

你沒有感受到的絕望

穿越時空
來到父親床前
幫助這個男人手淫
把精液全部射入下水道
把黃瓜留給他並不愛的女人
母親一生和綠色食品相伴
沒有了世襲的悲傷
我不能再繼續穿越
用語言的速度萎縮
萎縮成一隻蝌蚪
再從都市的陰道
扭曲著歪曲著逃脫
回歸羊群留下的塵土

二〇一四．一．一四

我淫蕩地笑了

——再見面
只是為了分手
加速讓花朵凋零
把十年前漂亮的你
和十年後醜陋的你
……一塊忘記
同時忘記你穿上四十二碼的鞋子也會流眼淚
……不想繼續流眼淚
去否定愛情吧
去認領另外一些人的性器官
……這些被不斷重複
不斷加工的性交技巧
從一種疼痛體驗到

另一種疼痛的轉變
這只是自導自演的悲劇
你繼續十年後的自己
用另一種形式的瘋癲活法
在這個沒有正面人物的世界
淫蕩地笑……

二〇一〇・三・二九

你為什麼是一位帥哥

歐亞西斯在魯迅博物館旁邊
　你如果是一位帥哥
　一定知道這個地方
為什麼你一定要是帥哥呢？
　你如果很醜也很溫柔
　和女人結婚最合適

歐亞西斯的大廳裡躺滿了帥哥
樓上樓下走動著的全是帥哥
　　沖淋浴的帥哥
　　洗蒸汽的帥哥
　和正在脫衣服的帥哥
你兩個小時之前就洗乾淨了
　　只是找不到床位

小帥哥
大帥哥
胖帥哥
瘦帥哥
老帥哥……
他們一個個為什麼這麼地帥？

你是孤獨的一個帥哥
因為一直找不到床位
來體驗去愛和被愛的滋味
沒有機會性交的帥哥是多餘的帥哥

你是一個戴著面具的帥哥
還有很多像你一樣的帥哥
來自祖國的各個角落
來自無數個曖昧的家庭

你關注著冬天的黑夜
把皮膚洗得乾乾淨淨
光著腳丫穿著拖鞋來回走動
心情陰鬱地走動
看不到希望地走動
陽具萎縮著走動走動……

為什麼你來到歐亞西斯
因為你是帥哥
為什麼你找不到愛情？
因為你是帥哥
……一個又一個虛幻的帥哥啊
你在肉體組成的沙漠裡活著
然後靈魂慢慢地死去

二〇〇八・一・一五

二月二

你帶給我的快樂是一杯水
一玻璃杯的水
水很快就喝完了
玻璃杯一不小心就會打碎
我現在有一只塑料杯子
飲水機就在我休息的房間裡
可是我並不快樂
我總是在另一個地方工作
遠離所有認識的人
我多麼希望走在春天的雨中
和你分享一把傘
看雨水裝滿大地的杯子
泥巴杯子
植物快樂地生長
植物比塑料花快樂
我總是在另一個地方等待
你帶給我的快樂是一杯水
水可以洗乾淨塑料玫瑰上的灰塵

二〇一二・二・二三

你手淫的時候可曾想起我

不許自戀
你可以手淫　有節制的
幻想身邊有一個美人
一個呻吟同步的美人

想別人太遙遠
你就想我吧
我和你的手的速度同步
我看不見你
你不必感到羞恥

你每天手淫一百次
我就在你心裡美麗一百次
我有足夠的騷和癢讓你去愛

親愛的　快開始手淫吧
你舒服的時候
必須想我——
你想文學只會早洩
你想政治就會陽痿

你想我吧
我此時就在你身邊
和你一樣潮溼

二〇〇四・四・二七

憂傷

你並不愛我
可還是來了
來看我的相思

你的心是苦的
笑是甜的
像五光十色的糖衣藥片

我不該說愛你
明知不該
可還是說了

你只在一瞬間
表情變成藥渣

二〇〇〇・五・二三

天龍派

讓一個悲觀的人相信
疫情十年之後會結束
讓失業的中年男人坐在路邊休息
讓另一個借到錢的中年男人走過來
……他讓他幫忙拔掉白頭髮

不冷？
也不熱？
有多少人確認自己已經進入夏天
附近的健康碼是綠色的……
遠處的那一片一片的樹林是綠色的
一個禿頂的男人
使用一下午的時間

拔掉悲觀男人的十根白髮
他問，你明天還來新通橋嗎
我會再幫你拔白頭髮……

二〇二二・五・一六

K4212列車上

火車奔跑　　你體內的小蝌蚪想和我對話嗎
我的血也奔跑　　你體內的小蝌蚪想和我對話嗎
很高興認識你　　你體內的小蝌蚪想和我對話嗎
很高興你不是女人
坐在我的對面
讓我找不到你臉上的雀斑
你的眼睛拒絕雙眼皮
鼻子拒絕歪
嘴巴緊閉
哦……
很高興認識你
很高興看到你穿著和藍天一樣藍的
牛仔褲
你不穿褲子我會更高興

二〇一九・二・一二

否定自己

他拒絕言語和暴力
但不拒絕吐痰和呼吸
　他擁有自己的孤獨
不想再擁有自己的病態
他從他們的嘴唇下走過
　被一個人的禱告絆倒
倒在另一個人的床單上
　床單上開著朵朵的花
　　他拒絕玫瑰的刺
但不拒絕菊花的癢……

二〇一七・九・二八

假日

他明年就八十歲了
　每天還在幻想愛情
所以，老的速度比青年人慢

戀老者的陰影在樹叢裡閃動
每閃動一次，老去十歲……
這無用的夜晚，月光，燈光
　……不能再閃動了

你願意死在沒有花朵盛開的星球嗎
……不願意，就要再努力閃動一次
　今夜，和他的幻想同步
　死在未來的八十歲生日

他是你的父親，爺爺，戰友
也是你的母親，姊姊，保姆
神經再分裂一次，他就是你的夢中情人

二〇一六・六・二七

死者的聲音裝滿他的睪丸
不安的夜晚，月光進出的樹叢
遇上陌生人，交流下雨之前的雲朵
　無法用瘦抓住另一個人的
敏感區，所以膨脹……繼續膨脹
死者的嘆惜，不能進入他的咽喉
　沒有歌聲……唱到呻吟
他用經過普及的性知識防護網
　過濾暗夜飛行的蝌蚪……
　　吻——不能帶血
花朵——不能有一絲血絲
所以，死者的聲音只能埋葬在睪丸裡

溼地

別讓活著的木馬相信
你的睪丸通往前世來生
你萎縮的皮鞭，不是他的錯
他的性情為雨季準備……
所以膨脹的蘑菇可以在人人都不需要的時候
每分每秒訓練膨脹……或疼痛

二〇一五・七・二九

你的痙攣

我躺在你的
死去的一半夢想邊
讓另一個自我
讓露珠的唇痕
溼了你的孤獨的盡頭

這樣很好，我的
墓碑上的名字翻了一下身
那拒絕愛情的骨灰……不再睡眠的
嘴唇，繼續溼潤你的
一根不再沉默的
像紀念碑一樣雄偉的大屌

把生動的經過血液浸泡過的詞組
扳彎再扳直不經過新聞出版總署
大門射入我的空格加回車鍵……
好的，我沒有提上褲子切換輸入法
……我繼續接收你的痙攣

二〇一五・七・二八

霜花店

車站旁邊是飯店
飯店旁邊是藥店
藥店旁邊是鮮花店
我的目光被拽了一下又一下
塑料花也會眨眼一下又一下
冬天的冰凍，穿越玻璃
懷疑的孤單跳進另一個季節

繼續遠方的旅行
也可以讓鞋子休息
床單距離夢很近
飛得高飛得遠要披上床單
床單上的花朵讓夢不會輕易凋謝

我不願意醒過來
抽象地活著，獨立的王國
擁有花瓣和愛情
一遍又一遍的權力
用色彩覆蓋疼痛

我不願意一個人醒過來
用分裂出的娛樂占領
雙人墓穴，黃金打造的骨灰盒
國王旁邊是墓碑
墓碑旁邊是愛情
愛情旁邊是《霜花店》

二〇一三・一二・二四

涼風吹過的夜晚

夢中的男子越來越胖
接近一座山的孤獨
他的神情是單眼皮
包皮很軟繃緊後可以上翻
翻舞翻版……像無線鍋子
吸引我的IP和一首收件人不明的情詩
快優化掉我寫出的廢話
彈出對話框的呻吟
插件插入貧窮和捆綁的愛情
這一切必須清理乾淨
清除木馬和騎木馬的人
哦……硬盤裡的人生感受不到
腦殘的疼痛
硬盤只收藏完美的孤獨

睡覺的男子越來越瘦
翻過一座山
他接近天堂大門的腳步會很快……

二〇一四・六・三

共享

黑夜可以共享
共享的黑夜只剩下兩個人時
一個人想死去……
另一個人不讓他死去

眼睛是性器官的一部分
有人瞎了眼共享了你
他的陽具比戴眼鏡的更硬……
讓精神錯亂的你相信這就是愛情

形而下的皮膚比稿紙還粗糙
你願意使用低俗下流的文字
共享流浪漢的沒有燈光的時光嗎
書桌上，相互顛覆一次才有意思

在彎彎的人和彎彎的詩句之間
有溫度的燈光和有溫度的陽具之下
菊花似菊花不是菊花形容菊花共享菊花
……一個人想死去，另一個人願意跟隨

二〇一〇・三・三〇

一位女同性戀的夢魘

圓圓的馨香的乳房
像饅頭滾滿藍色的床單
晶紅的指甲汁紅的唇
像櫻桃草莓落滿綠色的枕巾
長長的秀髮長長的呻吟
飄滿檸檬色的貝殼樣的小屋
柔軟的處女膜柔軟的蓮舌
甜甜地隱在水草的深處
泉水從塵封的酒瓶中
叮咚叮咚叮咚叮叮咚咚……
風鈴樣的吊燈
搖曳悅耳的鳥鳴
傾斜的海綿床
反彈快樂的蛙叫

清瘦的高跟鞋睡在沙灘上
蟬殼一樣的短褲蛇皮一樣的長襪
掛滿蛛網一樣的紗帳
鮮豔的花瓣雨　打溼
瓷瓶樣的脖頸
瓶口的花朵閉上幸福的眼睛……
——這時突然闖進一位
赤裸裸的男人
這個不合時宜的混蛋
雞姦他！
用女人十根陰莖般的手
把他玩得大出血……

二〇〇〇・六・一九

二次元大海

啊，大海
你為什麼不能再小一點
再小一點
再小一點
再小……
小到你的名字改成了老二
你把所有的海水噴射到了月球
從北京到紐約
需要穿過一萬五千公里的沙漠
啊，沙漠
你為什麼不能再小一點
再小一點
再小一點
再小……
小到被一朵菊花覆蓋
一滴接一滴的海水
會從顫抖的月球裡分泌出來
或噴射下來……
那八十億的沒有國籍的地球人
像八十億隻蝌蚪在比賽游泳……

二〇二三・二・二一

第五輯

寂寞的深深處

馬眼棒

孤獨的男人
不用荷爾蒙思考問題
……不去鏈接女人
……不願意被男人鏈接
無論你是狗男還是貓女
在孤獨的男人的房間裡
你是多餘的人

孤獨的男人
是不需要愛情的
只有乳頭敏感的男人
……才需要愛情
只有前列腺容易流水的男人
……才需要愛情
只有受傷的男人
……才需要愛情

愛情是多餘的嗎？
擁有一根不鏽鋼的滾珠型馬眼棒
一個男人就可以……
活得像阿拉伯數字1
一樣簡單……
不用加減法
就可以完成自我
……孤獨到底

二〇二一・九・六

寂寞的深深處

被香煙親吻
被手指碰了一下
然後，聽到拉鍊的聲音
從一個方向拉拉鍊
從高處往低處拉拉鍊
時間被拉彎……
拉鍊一直沒拉開
幻想換了一個角度
一個醜男人正在死去
從敵人的子宮裡生出來
一隻花翅膀的蚊子落在嬰兒的屁股上
拉拉鍊的手停止
輕輕拍打一下前世的屁股

二〇一七・九・二二

草稿

我的花園裡沒有一個人
靜靜的角落
橡皮擦過的空白處
只生長著一棵菠菜
我的麥克風就是水龍頭
我必須每天使用流水一樣的語言
比鉛筆還細的詞彙
季節繼續……
我的花園升級
更大更空的角落
沒有一片落葉
沒有一隻蝴蝶
只生長著一棵菠菜
我的麥克風離不開嘴巴
我的嘴巴屬菠菜
菠菜屬鉛筆
鉛筆正在努力升級花園
我的花園裡沒有一個人
唯一的一枚硬幣
被橡皮擦得乾乾淨淨
在靜靜的空白處
只生長一棵菠菜

二〇一四・一・二五

和哲學家談戀愛

天空正在下雨
有一滴雨沒有落下來
這一滴雨不願意落下來
這一滴雨早晚都會落下來
明天，這一滴雨會尖叫一聲落下來
也許是明年，這一滴雨會吶喊一聲落下來
……
落在你們走過的路上
落在我禿頂的腦袋上
……
我喜歡這一滴雨
我繼續等待
我用虔誠的心
我用疼痛的愛

我用全部的眼淚去兌換
這一滴雨……
是風帶走了雲
是雲帶走了這一滴雨

天空正在下雪
有一片雪花沒有落下來
這一片雪花最後墜入了大海

二〇一四・二・一六

一封信

你不來這裡
也不在那裡了
你怕
怕久了
開始厭倦
我應該等
我不應該在這裡等
我還在等嗎
我還在等什麼
我不等又該去哪裡
慢慢地死
慢慢地死吧

慢慢的——
我選擇慢慢地死……
每接近一秒幻覺熄滅一次
一秒再一秒
掙扎著接近……沒有痛的感覺

二〇一三·一·六

另外一本盲文書

讀懂一個男人肥大的屁股
　要累積經驗
要有足夠的耐心
　而他並不愛你
他的前列腺喜歡你抽插的動作
　你不能停下來
你不能顫抖中去思考
什麼什麼……才是真愛
玫瑰花朵和花朵上的露水
和千萬次的抽插動作無關
叭叭叭……的伴奏讓相信愛情的人變成瞎子

女人肥大的屁股是一本盲文書
男人肥大的屁股是另外一本盲文書
書和書堆積在一起……相互出售
從一本書裡伸出兩隻手
掰開另一本書的屁股
為什麼一定要讀懂一本書
能讀明白大小便就可以了
能理解鮮花插在狗屎上就可以了

二〇一九・二・一一

小白旗

我從旗幟上取下鐮刀
　割憂傷中的草
編織讓人喜悅的太陽帽
　今天不下雨
親愛的，你來嗎
送你一頂太陽帽

我站在第四十一棵白楊樹下等你
　親愛的，你不來嗎
我會等到最後一片葉子落下來
落葉像漢字，漢字像落葉
　大地一片荒蕪
只有一個人自言自語

你沒有來
一定是死在一本書中
我會繼續等
等你從另一頁稿紙重生
等你走到第四十一棵白楊樹下
和我一起分享寒冷的落葉

我從旗幟上取下斧頭
砍一棵光禿禿的白楊樹
生一堆火取暖
我繼續等你重生
我繼續等一頁空白的稿紙

我每天砍掉一棵乾枯的樹
我砍掉最後一棵乾枯的樹
我擁有最後一頁空白的稿紙

親愛的，你來嗎

我每天種植一棵白楊樹
我站在樹林中等你
我站在我的最後一頁稿紙上等你

落葉在繼續
我正在消失
最後一片落葉
最後一個漢字
……最後一頁稿紙化成灰燼

二〇一五・七・二二

和明天無關的一天

我常使用的詞語正在枯萎
　下雨也沒有用
裂縫裡開出的最後一朵小白花
　不為任何一滴眼淚
不為入侵的同情和憐憫

就這樣忽然一陣寒冷
　毫無保留地死去

　錯別的疼痛
　忍了再忍的悲傷
　毫無保留地
再次重複常使用的……
把自己融化在詞語的灰燼裡

二〇一五・八・三一

再次命名的一個春天

口吖一頁空白的稿紙
　弟弟死了
哥哥會帶著白髮走到下一個清明
　使用皺紋裡的回憶
回憶弟弟跑在哥哥前頭
　一本書的目錄

　　呵呵……
　墓碑比獎盃重要
　弟弟首先搶到
　　孤獨的座標
　　　是的
橡皮不能擦去的一個座標

弟弟死了
哥哥撿拾到一根肋骨製作的拐杖
走到再次命名的一個春天

二〇一五・八・三一

等待一個有光環的人

你站在孤獨中組詞和造句……
你愛上了黃昏
不
你愛上了夜晚
不
你愛上了小屋
不
你愛上了一張雙人床
……床上睡著一個阿甘
他在夢中奔跑
比物價跑得還快

他靠近我，靠近自我……
我折疊好影子，再折疊好皺紋
和他手牽手肩並肩，出發
去穿越時空……

二〇一四・一一・二九

坐在沙發上的畫家

他的孤獨，騎上駱駝
在空蕩蕩的房間或工作室
沙漠裡的沙發，他坐上
沙發的綠色，茶葉，電水壺
距離世俗的胃，充氣娃娃
塑料玫瑰，畫布麻木
顏料，畫布上的女人，生活裡的
技巧，技法，技術，技術過剩
這一切，和牆壁，門窗之外的
景物，事件，對比，加上燈光的
渲染，他的孤獨是表現派，印象派
或立體派，在空蕩蕩的沙漠
畫布的空白處，被性愛遺忘的
角落，孤獨騎在他的紅色色塊上

他的欲望，一直在行走，帶著壓縮的
茶葉，和充氣娃娃一樣的女人
藍眼睛的關注，遠方的
注入，精美的邊框
這一生一世隔離
被世俗恥笑的同性愛情

二〇一四．一．七

空房間

海安的河流放牧喝汽油的馬群
　奔跑的硬座上
無知無覺的睡或疲倦的醒
　夢是複製的花朵
盛開的朵朵欲望打開的新包裝

　畫廊老闆最想賣的是空房間
要你們和他們左右上下生活在一起
　平均的空間裡
　雞蛋填充冰箱
　性欲填充床

　愛上孤獨
比愛上紅旗容易

讚美這裡的一草一木吧
播種小小的尊嚴
然後收割四海通用的詩歌

二〇一四・一〇・一二

是什麼樣的旗幟在燃燒

我的大腦有些混亂
心也跟著混亂
不知道自己吃錯了什麼藥
胃腸更加混亂
我此刻站在自己的肚臍眼上觀看
屬我的不屬我的東西怎麼這麼多
我要從河床的床單遊到岸的岸邊
我設定好的座標
是一群老頭共有的一根疲軟的陽具
我不確定準時到達
我決定往反方向移動
我一定會走到什麼東西都看不到的地方
也看不到自己——
難以形容的憂傷
借用手機撫摸不該擁有的傷口
在這個什麼聲音都溝通不了的世界
我不該再繼續幻想——
有一種美好的事物在不遠處燃燒

二〇一三・九・一五

憂鬱

在溫暖的房間裡
讀一讀詩人寫下的文字
燈光不會疲憊
坐在柔軟的沙發上
隨手可以丟下這本
和你無關的憂鬱

花朵的凋謝
讓水果堆滿你的茶桌
冰箱都能理解你的胃
還有什麼可抱怨的
死掉的詩人不會把憂鬱傳染給你
你的心啊你的心該是一頁空白的紙

我多想和你換一換位置
溫暖的房間屬我
燈光屬我
柔軟的沙發屬我
還有冰箱……
和我無關的是白紙之外的憂鬱

二〇一三・一・五

出庫單

過去很久了　　該去排長隊進天堂了
很久了……　　卻不知上帝的訂貨單上有沒有你
才想起曾經有一個朋友
通過幾次電話
沒有見面或只是見過一次
你孤寂的空間
是很深的倉庫，落滿染色的狐狸毛
沒有入庫單
沒有出庫單
……就這樣
突然少了一個又一個漂亮朋友
新的朋友還沒有送貨上門
你的時間已經不多了
……下班後

二〇一二・六・二九

生日快樂

哦　一個人的
三十八歲的生日
寫一首詩點亮眼前
我比顧城多活了一年
哦　一個人的
孤苦零丁的生日
我比海子又多活了十三年
騎著墓碑上山
放牧著一朵一朵的白雲

還有人在讀詩嗎
你的微笑是一捧墓花
我全收下了

二〇一二・四・二三

尋找伯樂

我一定要找到伯樂
讓他證明我是一匹好馬
在路上，我邊走邊想
伯樂如果眼睛花了
我就送給他一副眼鏡
伯樂如果走路不穩
我就送給他一副拐杖
伯樂如果患有心臟病
我就送給他速效救心丸
伯樂啊伯樂
我正走在離你不遠的時代找你
你一定要為我說句公道話
你一定要讓我有飯吃有位置坐
伯樂啊伯樂
你千萬不能閉上眼睛扔下我不管
你如果已經死了
我也會找到你的墓地
把前蹄放到你的墓碑上
——致哀
嗚嗚嗚……我真的是一匹好馬啊

二○○二・八・二三

靈感

窗外的雨一直沒停　從地獄裡長出蘑菇
像一個傷心的男子　從天堂裡長出木耳
　一直在哭泣
不，像一位偉大的同性戀詩人在哭泣　二〇〇一・七・二八

我一個人躺在床上
　沒有想女人
　沒有想男人
沒有想自殺……
我想寫一首能夠讓自己飛翔的詩
能夠讓鋼筋水泥石頭感動的詩

　窗外的雨一直沒停
我的靈感潮溼了發霉了

在車上

沒有一台機器能夠檢查到
我是帶著易燃易爆的心和肝
——上了火車
對面的男女正在電影
……沒有一個吻
能夠落到我的唇上
……沒有一句甜言蜜語
能夠鑽進我的耳朵
……沒有一秒的擁抱
能夠讓我享受活著的幸福
車窗外的風景很美
……沒有一處讓我感動
一隻飛蟲溺死在我眼底
沒能讓我痛哭一場……

我抱著自己未能出版的詩集
像抱著自己未能入土的骨灰盒
我等待著墓草青青百花盛開
我的自我哀悼沒能讓我欣慰

二〇〇〇・八・一四

下車

我又上了公交車
　往回走……
剛剛坐過了四站
這已經不是第一次
最糟糕的一次是約會時坐反了方向

　我不習慣一邊坐車一邊看手機
　在車上……我在想某個人某件事
我不停地反覆去想這個人和這件事
我忘記自我的去想一片空白……又一片空白

　我……有萬分之一的機率和他成為情人
我……有萬分之一的機率讓壞事變成好事
最後……我的努力為什麼只能是一片空白

我又下了車
心中沒有了可以牽掛的人……
在每個方向每個站點下車都是對的吧

二〇二三・三・一八

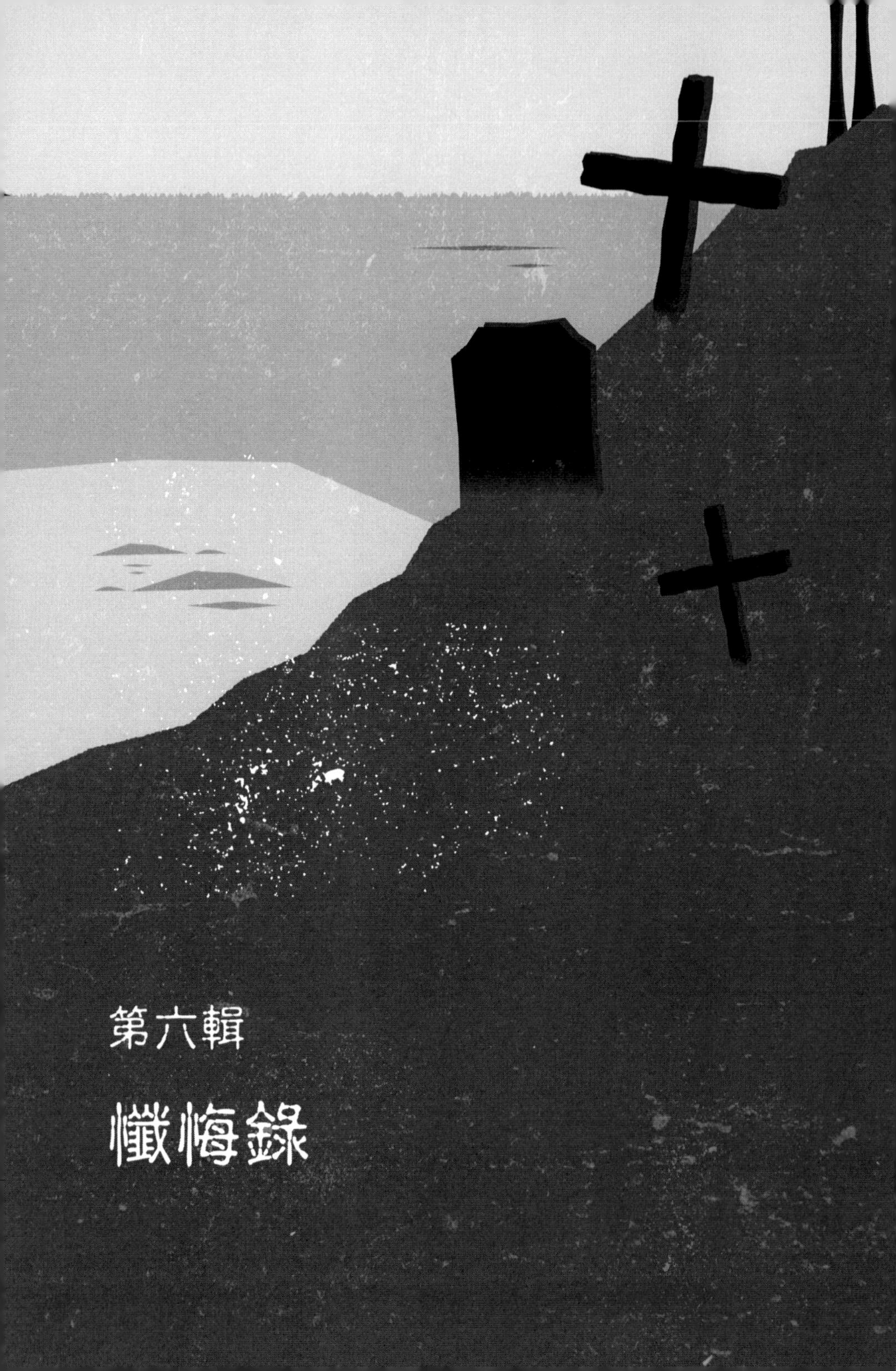

第六輯

懺悔錄

絕望的盡頭是什麼

是黑色的天空……
在黑得不能再黑的天空下
地球人正在資源重新分配
地球人正在平均分最後一個蘋果
……
是惡毒的上帝從火星不請自來
祂只點燃一盞燈
祂把光和信仰只分給少數的地球人

二〇二三・三・一二

恐懼

我走在街上
我走在陌生的人群中
我走在文明的城市
黑壓壓的一大片警察
黑壓壓的一大片警察
黑壓壓的一大片警察
為什麼我的眼睛看不到一個罪犯

二〇〇二・三・一

哥哥

在我沒有出生前
只有流過產的母親見過我哥哥
只因為母親的心情不好
一塊已經變成人的肉
母親一狠心扔進了垃圾桶
我天生孤獨憂鬱
只因為我生活的地方到處是
垃圾桶

二〇〇四・一一・一〇

你是一個天使

一個小個子男人
正在用智慧
勾引一個又美麗又愚蠢的女人
如果你不去反對
上帝將會獎勵你一個子宮
讓你免費吃住十個月
然後滾出來
學會喊爸爸媽媽

二〇〇七・六・五

媽媽

她在三十如狼的年齡
　懷上我
我賴在她的肚子裡
　整整十個月
吃她的肉喝她的血
我讓她長期失去性高潮
　我讓她嘔吐噁心
她撕心裂肺地生下我後
　我還不放過她
我和她需要著的男人
　爭搶乳房——
　　兩個我全要
我吃著咬著罵著哭著叫著……

我讓男人和陰莖全部頭疼疲軟

如今愛過她的男人已經老了
她的黃臉爬滿斑和皺
她的孤獨敞開著門
我長成一個陌生男人
我愛上一個陌生女人後
才發現我曾犯下的罪讓她多麼偉大啊
我開始用感激叫她媽媽！

二〇〇一・五・一八

懺悔錄

一個女人不準備生下我
一隻母老虎也不準備生下我
大地上的子宮正在忙碌
所有的位置都滿了
月亮圓的時候
女人正在性交
月亮圓的時候
母老虎也在性交
所有性交的位置都滿了
大地上的子宮在複製子宮
同時複製性交的動作
我一個人也在做性交的動作
我拒絕自己強暴自己
我拒絕自己懷孕上自己
拒絕月亮為我圓

當月亮不圓的時候
我做了一個二極跳
我從我的肛門裡
跳到母老虎的子宮裡
再從母老虎的子宮裡
跳到一個姓胡的女人的子宮裡
強烈抗議流產
強烈抗議流產
強烈抗議流產……
強迫她生下我
月亮不圓的時候
強迫她生下我
哦……對不起！媽媽

二〇一九・二・一四

媽媽不需要你這樣的孩子

陰暗　扭曲　暴力　曖昧或
形式婚姻家庭裡
媽媽不需要你這樣的孩子……
頭腦裡生滿了根鬚
枝莖還在瘋狂地生長
滿樹開滿了晶瑩的淚花
媽媽不需要你這樣的孩子
媽媽不需要你這樣的孩子……
媽媽需要一個冥幣一樣的孩子
一夜間
消費掉家庭裡所有的悲傷

二〇一一・六・二二

傷口

比深夜還要深一點的是　肉眼看不見的
童年的傷口　永遠的傷口
二十年過去了
新的傷口代替不了舊的傷口　二〇〇二・五・二四
喊出的痛
從三個世界裡重疊傳來尖叫聲
親情的傷口　友情的傷口　愛情的傷口
像一個孩子　一個兄弟　一個浪子同時張大嘴巴
絕望地尖叫著……
蚊蟲叮咬　一場車禍或心臟病
和許多梅花形蓮花形的新鮮傷口代替不了
留在大腦留在骨頭留在心底太深太深

所以我錯了，我懺悔

你的詩歌
不能讓釘子戶，高興地
拿起羊角錘，拔掉
門窗上的一顆一顆的釘子

你的詩歌
不能讓上訪者，停下腳步
和諧地拿起麥克風，唱
一首社會主義好

你的詩歌
不能讓暴徒停止流血……
給忍受恥辱活下去的麻木的一代
小小的安慰，死亡之前的反抗

愛被命名的暴徒
更愛這個轉基因的國家
寫炮灰詩歌，幻想為這個體制分泌
更多的前列腺液……

二〇一四・四・一六

天花板

一個人　躺在床上　放風箏
不需要風　風扇　空調不用開
葡萄　葡萄糖瓶　葡萄　葡萄藤　葡萄糖瓶子飛上
空中
你看見了嗎
你看見我的白色床單了嗎
披上我的白色床單　就能和葡萄糖瓶子飛得一樣高

二〇一一・六・二七

過年

煮熟的豬肉會不會愛上
　豬一樣的人生
　　豬年豬運……
　　為母親一直是冰箱的主人而祝福
　　　在冰箱裡
沉默取代腐爛能多久
　二〇一九・二・五

伸出的手不等於一個詞組時
　準備使用香菜和大蔥
讓肚子成為母親的填空題
　在節日快樂的框架裡
　想掛起來的花朵全碎了
為聲音為滿地的碎片開心

餃子有時會剩下一碗

除夕夜
餃子吃剩下一碗
一個女人和女兒
開始思念一個會繡花的男人
他去了新鄉的大姨家拜年
媽媽很早就死了
媽媽的媽媽也死了
是媽媽的姊姊把他抱養大
大姨年輕時做過妓女
她從良時間太久
頭髮全白
記憶模糊……
她已經忘記男人趴在女人身上是什麼意思
會繡花的中年男人
在夢中幫助親人翻譯肢體語言
有時會翻譯錯
把男人強暴男人翻譯成
……疼痛等於愛情

二〇一九・二・九

煙囪

在同性不能合法結婚的國度裡
我只能陪老頭子們玩
面具遊戲
一直玩到自己也變成老頭子
戴上老花鏡
翻開一本書
校對錯別字……
昨天，昨天的昨天
和我睡過一張床的人都不見了
他們去冒充女人的丈夫
尋找同性愛情
……難！難！難！
我想撕碎這本書
然後再燒掉……
遠離圖書館
遠離正在寫作的老頭……
我會永遠沒有一個家嗎？
一個人繼續
流浪在漢字堆起的高樓大廈
我用母語呼喚母親的煙囪
讓我回爐再重生一次吧……

二〇一六・七・一六

七星湖

媽媽不在家的時候
他提前兩天過生日

媽媽七十歲了頭髮還不白
是因為他四十歲了還像一個孩子

我從一家人餐館門前走過
看見他和媽媽正在忙碌

我去七星湖找他
我沒有看見他和媽媽

如果我看到一百歲的黑頭髮的媽媽
她來七星湖像魚兒跳舞
我會馬上返回一家人餐館
和他共同度過七十歲的生日

二〇一四・六・一三

啦啦啦

向日葵在雨中收集太陽的眼淚
有一滴眼淚落在毛毛蟲的頭上
　　打碎了牠夢中的翅膀
有一滴眼淚落在蚯蚓的頭上
牠正在黑暗中脫變自己的性取向
　　　　　　有一滴眼淚
　　　　　從花瓣滾落
　　　落在哭溼的葉片上
　　一眨眼，再次滾落
這一滴眼淚落在小小的石頭上
小小的石頭只有一顆石頭心

不痛也不癢
哦！陽光照在小小的石頭上

二〇一三・二・三

綠帽子

戴綠帽子的男人
　脾氣最好
他從不打罵孩子
洗衣做飯　出賣體力
　讓陽具好好休息
他孝敬父母　尊敬妓女
妻子賺錢時他假裝看不見
　每一個情人節
　每一個下雨天
他頂著綠帽子牽掛親人的乳房
　啊　傷感的綠帽子
組合這個和諧的家

讓兒女繼續讀書成長
讓父母吃飯看病不愁
貧窮的家庭裡
每個男人都有一頂
合格的綠帽子
給一面紅旗都不換

二〇一三・二・一三

蜜蜂和讚美詩

你的大腦裡裝滿了
太多的體制內的書本上的垃圾
　你從小學起已經學會讚美
　——啊　辛勤的蜜蜂
我們要向你們學習！

　　是採蜜的工蜂嗎
　　你們沒有性別
　你們像奴隸像太監
辛辛苦苦養活著男盜女娼一樣的
　　雄蜂母蜂

　啊　沒有頭腦的傻屁眼的工蜂
快用你們的刺去螫正唱讚美詩的小學生吧
然後學蝴蝶跳舞
再然後學飛蛾撲火

二〇〇七・六・二七

大江健三郎來北京

大江健三郎來到北京
　來到西單圖書大廈
　　開始簽名售書了
　　老人戴著花鏡坐得整齊
讀者啊學者啊……排出一條長龍
　　老人感動得熱淚盈眶
在日本，他的兒子們出門不敢提
　　——大江健三郎
　　三郎同志啊三郎同志
你只要清楚自己是日本人
　來我們中國你就是貴客
有王蒙有莫言陪著你吃飯聊天多好啊！
有上百萬個知識分子崇拜你多好啊！

但是你千萬不能是中國人
你如果是中國人——
就一定有中國人的思想
你的好作品一定很難出版
我敢和中國作協的權威們打賭——
大江健三郎如果是中國人
他一定是孤獨者！

二〇〇三・三・一七

五月五日懷念屈原

遠山已是新的開發區
楚辭已是七〇後口語詩
今天是每年不可少的五月五日
我飯前洗手解手再洗手
不多餘地想起一位叫屈原的
政治詩人
淚水怕辣椒怕洋蔥怕大蒜
但此時沒有流下來

屈原把肉體獻給恐龍天子
屈原把〈離騷〉留給平庸百姓
啊！偉大嗎
啊！我親愛的同性戀詩人
——屈原同志！
汨羅江的水啊
為了您不會斷流
但有可能會被汙染
可口可樂在我們肚子裡
叮咚叮咚叮咚地懷念從前

啊屈原同志
水裡要比岸上乾淨得多
我們只相信您的靈魂是純潔的
啊屈原同志
今天是您二十一世紀的祭日
我們為您獻上一碗國產的大米粽子
再為您獻上一盒進口的消痔丸

二〇〇一・九・二三

預言

或許是一萬年
我在地下沉睡
被蒼蠅的後代
或老鼠的後代
——挖掘出來
送進全球最著名的
化石博物館
參觀者嘖嘖稱羨
那些年長的
德高望重的
蒼蠅老鼠
根據我的體形
和頭骨的大小
來研究人類滅絕的原因

二〇〇〇・六・一一

孔子出世前的民間新聞

丈夫瓜田鋤草
突生一種欲望
他衝著花蔓小便時
一隻野蜂螫在他的龜頭上
他的小陽具快快地腫大膨脹
他十萬火急地去找妻子
妻子河邊洗衣
洗完衣又洗自己
一隻螞蟥鑽進了她的陰道
百萬火急的妻子——
拿起一隻鞋子不停抽打
也不知打了幾千下
丈夫跑來時，痛苦的螞蟥
吐著黑血退出而死
也就是在這一天的夜晚
夫妻做愛第一次達到高潮
——並懷孕！！
為世人生下一位孔聖人

二〇〇〇・六・二三

尋找父親

我今生去流浪
去尋找——
一位偉大的父親
他有那偉岸的胸懷
能夠寬容說謊，打架，偷竊，酗酒，嫖賭
吸毒和同性戀
能夠在孽子絕望時自殺時
見他們最後一面
我用一生去尋找去流浪
因為我一直找不到
只能悔恨地活著
所以我今世永不再做父親

二〇〇〇・八・三〇

組詩

如果我說錯了話，請罰我去做軍妓

如果我說錯了話，請罰我去做軍妓

個頭矮小
還要西裝革履
好笑的一朵菊花
在夜色裡在樹叢裡
為什麼他們的肚子很大很大
陽具卻很小很小
愚蠢的女人選擇了偷藏菊花的他們
形式婚姻裡渴死了愛情
你伸出地獄裡的小手
拍打著巨大的樹根幻想
誰來暴我的菊花
誰來暴我的菊花
螺絲釘不能解決的
鬱悶煩惱
主流的漢語也不能解決

二〇一二·五·二

給桑克

哦　老男人
你還不去死
讓葡萄糖擴散到全身
你的內褲下
插著一面小白旗
讓冰冷的女人到落日下戰爭
我正在懷疑你的智慧
紅色的便祕
封殺了你的菊花
被和諧的社會
黑色的墳塚
被你誤稱為私人建築
前面一百米是火葬場
電視報刊出版社
向你推薦的那種生活該結束了
如果你告訴她真相會怎樣？
迷失方向的敵人
感謝你的墓碑是她們前進的路標

二〇一二・五・四

給王家新

積雪繼續伸展時
孤寂的腳印尋找異國他鄉的黃昏
你帶著中國式的狂喜脫掉格倫古爾德的褲子
用頭骨來聽萎縮的陽具喃喃低語
重工業讓破銅爛鐵升值

請幫我問一問
他們家的破鋼琴賣嗎
我的矮小的三輪車就在樓下
順便告訴他們
《變暗的鏡子》也回收
謝謝你的舌頭
雖然無法改變我貧苦的生活
已經習慣在京郊的蒼蠅亂飛的小餐館裡
邊吃地溝油炸的油條邊提高免疫力
格倫古爾德的屁股比我的臉白吧
是你避開了我眼中的辛酸
除了收購破銅爛鐵
詩歌拯救不了寂寞
所以，我要用暴力的漢語和你們玩三P

二〇一二・五・四

給孫文波

今夜，你只能睡在上苑村
夢中的舅舅再次帶你去他的朋友家
頭髮花白的裁縫把頭髮染成金黃色
他這次要質檢你的孤獨寂寞

射精並不可怕
射完精再吃掉讓你震驚吧
把自己看作一道菜
黃瓜拌菊花
誰能進入你的夢中才有資格享用
老鼠從歷史書堆裡鑽出來尖叫
而你此時不能醒過來
程小蓓姊姊在哭國家主席死了
而你此時不能醒過來

……
黃岩島釣魚島被搶走
　你也不能醒過來

讓金頭髮的老裁縫質檢完你的孤獨寂寞
讓夢中人把你的黃瓜拌菊花吃得乾乾淨淨
　今夜，不只你一個人睡在上苑村寫詩

二〇一二・五・五

給肖開愚

如果你要和臧棣或張曙光結婚
　我願意做一次你的伴娘
　牽著你白蘿蔔一樣的禮服
　或紅蘿蔔一樣的禮服

走過北京
來到柏林

我現在就去艾倫金斯堡墓前
把你的幸福快樂傳達

為什麼有那麼多的中國式男人
溼漉漉地給艾倫金斯堡寫信？

我今年已經三十八
努力活著
只能孤獨一個人
用漢語寫同性戀詩歌
我的感情一直在燃燒
再過幾年都成灰燼了

二〇一二・五・五

給臧棣

你的詩歌是你的生殖器
有一頁白紙被你強姦了
它是老修女準備畫符咒用的

你可以揀起一份《人民日報》
哦！北京大學的招生簡章也行
在空白處
你可以不戴安全套
寫一首〈風吹草動〉

你滴落的水珠一樣的文字
讓報紙上的老頭照片爽快地笑了
你滋潤了讀者品嘗的舌頭
一個農民工上廁所忘記帶手紙
他從垃圾筒裡撿拾到一頁手稿

此時，你的生殖器距離他最近
你的詩歌像蜜蜂採蜜那樣
把他的菊花吸收得乾乾淨淨

二〇一二・五・六

給張曙光

是的，精神的陽具
你比妻子更渴望擁有
她指責你長得像女人
你外在的
一張人老珠黃的臉
又新添了幾根白髮

當兩隻相愛的雄雁
結伴飛到彩虹國
你只能站在黑龍江畔祈禱
中國的假山
主流的書刊
積滿了灰塵和蒼蠅屎
用天才的頭顱做拖把
也不能打掃乾淨

從你的夢進入我的夢吧
不用再排隊
也不用三級跳或翻筋斗
我燃燒的軀體屬你
填補你的洞穴或迷宮

是的，精神的陽具
沒有一個女人能從你夢中搶走

二〇一二・五・六

給西川

哥哥，請不要自卑
雖然你長得不帥
詩寫得也沒有海子的好
你站在黑猩猩的隊伍裡
是最漂亮的一個
再加上你鼻子上的眼鏡
毫無疑問
你最接近文明
所以，我準備脫掉褲子

在最寂寞的時刻
　與你相愛
　　啊！哥哥
你的性《傾向》裡可曾有我

如果你迷戀的是一頭金錢豹
　我就去北京中央美術學院
　　求那裡最優秀的教授
　　　為我畫上人體彩繪

如果你問我的尾巴哪裡去了
我只好告訴你是被詩評家咬掉了

二〇一二・五・六

給黃燦然

我喜歡被殖民過的香港
那裡的熱咖啡
端上來
輕輕地舔
認真地思忖著一個叫劉曉波的作家
他曾經說過的話：
「大學畢業生有九五%的廢物
碩士畢業生有九七%的廢物
博士畢業生有九八%、九九%的廢物。」

哦！哥哥
你一九八八年畢業於廣州暨南大學新聞系
現為香港《大公報》國際新聞翻譯
你的業餘時間用在寫詩和譯詩
你不是廢物

你是廢物堆裡的寶貝
我喜歡被殖民過的城市
　那裡有民主自由
我的家鄉有更熱的胡辣湯
　　端上來
一小調羹一小調羹地吹著氣喝
而我的家鄉因為沒有被殖民過
　貧窮落後思想文化落後
　　哦！哥哥
你所處的城市就像是韓國
　而我的家鄉就是朝鮮
　　什麼時候
我的家鄉也被殖民一百年
我會請你這廢物堆裡的寶貝
來我家鄉做國際新聞翻譯
你一小調羹一小調羹地
吹著氣喝胡辣湯
你的詩會寫得更好

二〇一二・五・七

給歐陽江河

今夜，你的老婆不回娘家
一張書桌和
一張餐桌組合
鋪上一面黨旗
就是我們臨時的床
我們輕輕地躺在上面
擁抱接吻，不談論敏感的話語

政治是蒼蠅
體制是蚊子
我的詩歌是殺蟲劑
請用你蒼蠅拍一樣的手掌
撫摸我O型血的屁股
哦！你們家的桌子真不錯
和桑克家的櫃子一樣結實
都可以容得下兩個男人
噓…再輕一點
你的老婆就在隔壁
她從來不寫詩
她知道怎麼使用蒼蠅拍和殺蟲劑
今夜，一面黨旗
就是我們共同做夢的地方

二〇一二・五・七

北京地圖——給飄在北京的詩人

如果你迷失了方向
請你馬上撕碎手中的地圖
同時把背包裡的報紙也撕掉
你一直往前走
不要看路標
不要問過路人
你一直往前走
你一直往前走
餓了

你就買地溝油炸的油條
渴了
你就買加防腐劑的牛奶
你還要一直往前走
只要你堅持往前走
就能看到體制外的天空
藍天上飄著的白雲

如果你要找的是瘋人院
請往回走
回到你撕碎報紙的地方
回到你撕碎地圖的地方
很快
你就能認清了方向

二〇一二·四·九

後記

評職稱的詩歌編輯
考公務員的人民代表
洗黑錢的投資商，書商，導演
……數量龐大的
麻木的中國明星
愚昧的中國文化人
我是在夢遊嗎
找到北京還是找不到家

你總是忽視我的生存
我的疼痛和悲傷還不夠真實嗎
靠近我吧
幫我擦乾恥辱的淚水
如果我說錯了話
請罰我去做一名軍妓

來生不會再有戰爭
來生我將是你的好女兒
二〇一二・五・七

第七輯

秋天被冬天格式化後

方塊物語

用方塊解釋自己的世界
用顏色區分方塊
方塊堆積
方塊排列……
從一片雜亂中拆掉一個方塊
或收穫一個方塊
方塊終結精神的流浪
方塊和方塊組合一張床
用方形的睡姿做夢

……食物的愛情的花朵的種子藏在
方塊寶箱裡
從方塊的海水裡
從方塊的魚兒的方塊嘴巴裡
垂釣到閃閃發光的圖騰
……你的信仰是方塊形
僅僅高於地平線
不會隨著時間
不會隨著比特幣的走勢圖而改變

二〇二一・五・一八

中度吻合

1不是2

2不是2

3是1

4不是2

5不是2

6不是2

7不是2

8不是2

9不是2

10不是2

11是1

二〇一九・二・一八

一個人發呆的時候

……
太多的想說的沒有說的
文字打成一個小包
坐上飛機飛進垃圾桶

留下一頁空白的紙
陽光照射不到
黑暗也抵達不到
空白的紙不去包麵包
空白的紙不屬任何人

這一頁空白的紙
沒有使用過錯誤的漢字
也拒絕回收

遠離噪音
打印機
印鈔機
……

二〇一八・八・二六

魔咒

螞蟻的日曆本
一年有二十四個月
沒有人能夠活到六十歲
這樣很好

蟋蟀的日曆本
一年有三十六個月
沒有人能夠活到四十歲
這樣很好

蝴蝶的日曆本
一年有七十二個月
沒有人能夠活到二十歲
這樣很好

屎殼郎的日曆本
一年有一百四十四個月
十歲之前陪偉大的國王吃飯
然後死去……

二〇一五・九・一一

廢墟

簡單的房子破了舊了
不再需要燈光和讀書聲
苔蘚的味道留在幾塊溼溼的斷牆上
萎縮的黑木耳期待著四處流浪的雨
一隻被主人拋棄的貓堅持生活在人世間
朵朵白雲向南遷移
片片蝴蝶向南飛去
憂傷的小草站在枯木的背影中
迷茫的花香墜入黃昏的腳印……
一顆年少孤獨的心不再長大
沿著廢墟的軌道
在晚風中慢慢地消失

二〇〇六・八・八

冬夜

為了取暖
你我他一起走進黑暗的角落
你摸了摸他
他摸了摸我
我摸了摸你
你我他又相互摸了一遍
我們站在冬夜的深處
慢慢地移動著形體，陰影和夢幻……

二〇〇七・一二・二三

黑暗傳

黑暗不需要歌頌
它已經把自己的光芒普照給萬物
雙手空空的老人
拿到的黑暗最多
遠比亂劃火柴的孩子多
黑暗點一點頭
讓出一盞燈的位置
黑暗搖一搖頭
讓出一具屍體的位置
讓屍體在黑暗中繼續趕路
讓屍體帶領更多的屍體去信仰黑暗
黑暗深處的寫作者繼續破壞著
黑暗熄滅燈再熄滅火的次序
散文版黑暗拆成行
就成詩歌版黑暗
詩歌版黑暗加入更多水分
就成小說版黑暗
各種版本的黑暗有機會獲得黑暗獎
親愛的　你為黑暗獎努力過嗎

二〇〇三・一一・二七

秋天被冬天格式化後

我等待自己的思想被格式化後
成為一個蘇聯式的愛國者

二〇〇二・一・一

每一條道路都通向北京
每一條道路都通向墓地
　不是為了掃墓
也不是為了盜墓
　我兩手空空
　來到天安門
只是為了什麼呀

毛主席的大相框會不會從城牆上掉下來
　砸死我？……
水晶棺會不會突然爆炸
　炸死我？……

冬眠的陽具

冬天來了
我必須照看好
越來越小的陽具
因為天冷了

我告訴陽具
無論誰叫你
你都不能把龜頭伸出來
因為天冷了

我告訴手
沒事不要去拉褲子的拉鍊
現在不是手淫的日子
因為天冷了

我告訴眼睛
沒事不要去盯別人的屁股
現在不是打炮的時候
因為天冷了

我還要告訴所有人的夢
不要夢見和我做愛
現在不是做愛的季節
因為天真的冷了

二〇〇二・一〇・八

頭痛之王

空間很小
一個詞組夾住一張臉
看過來……
一張臉只有一隻眼睛
看過來，看見我被
一個逗號絆倒
想爬起來
必須先脫掉褲子
才能爬起來
爬到另一個詞組的
夾縫裡喊叫
啊！輕點，再輕點
我是一根充滿精血的血管
我打倒了一排骨頭

因為空間還是很小
只能有一隻眼睛前來慶祝
只能有一隻眼睛可以看見
我一隻手拿著啤酒瓶
另一隻手拿著藥片……

二〇二一・四・一七

去中心化的影子

從路燈到樹林
這一區塊漸變的黑色
沒有中心的寂靜
邊緣的微弱的遠處的光
感覺到一個又一個人影
相互拉開距離……又在接近
人影被人影確認後吸引
人影願意被吸引著移動
成雙隱藏進樹林……
肢體動作在組合
無理由取消組合……
人影各自移動
人影重複路線
在漸變的黑色中
切換一個動作後再切換一個動作

陌生的有拉鍊響聲的人影
……
在樹林的深深處
這一區塊的寂靜
讓孤單的人影停留太久
可以鏈接的人影越來越少
人影
組合不到
人影
是沒有人影了嗎
只剩下這一區塊冷冷的黑色
路燈的指示線
夜在漸變……

二〇二一・五・四

確認

一不小心，從詞典裡掉下兩個詞
　它們正準備從地板上爬起來
　　回到原來的位置……
　我用手指輕輕彈了一下它們
用眼睛裡的光輻射它們的腦袋
然後，我扒掉了這兩個詞的褲子
　　……我認真地看了看
　又認真地看了看
很快，我命令它們回到原來的位置睡覺
　……這兩個詞的生殖器大小一樣
一個用來形容好人，另一個用來形容壞人
只是，我讓它們相互換了褲子

二〇一七・一〇・二

你關閉的世界是海的世界

他用鉛筆殺死詩中的蝴蝶
他用眼睛搬家，穿過鐵絲柵欄
穿過蜘蛛網
成為蜜蜂的鄰居

螞蟻拉開褲子的拉鍊
用針刺你的癢
越刺越癢，越刺越想……
你的嘴唇是鯨鯊的嘴唇

永遠不要說再見
永遠不要說再見
海水顫抖一下
海水再顫抖一下……

二〇一六・六・一六

那體制，那燈光，那黑夜

他在床上種植向日葵
讓黑色愛上黑色的糖
被肢體陳說的今夜，是美好的
食物收割呻吟的花朵
灰燼來歌唱夢魘中的標語
死亡的日曆本翻開，手機鏈接手淫
一個微信群戰勝了掰成花瓣的孤獨
這還不夠，請為眼淚點讚
這還不夠，請為死亡打賞

他只能在床上種植向日葵
他知道有一種事物並不存在
理想和垃圾一起丟棄是美好的

二〇一六・六・一七

自畫像

石頭閉上眼睛
輕輕咬了自己一口
沒有蘋果的味道

聽到他和他的回聲
一萬年前和一萬年之後
下一秒的山谷的寂靜傷了他的眼睛

他的手正拿著畫筆
畫最後一棵光禿禿的樹
……枯死在高高的山頂上

石頭離開高高的山頂
離開寂寞的山谷

石頭經過一些事後是圓的
但不是甜的
已經確認不是蘋果味的

石頭告別墓碑職業
在畫布上，石頭取代蘋果
……他作品的名字：《自畫像》

二〇一九．一〇．一五

抽象的一頁廢紙

是一種什麼樣的力量
把你從蘿蔔坑裡拽出來
　放入另一個蘿蔔坑

　　擰開真理的瓶蓋
　　　倒出的全是水
洗乾淨愛情的胃腸和性器官

今夜，蘿蔔深陷在自己的內褲裡
　思考一個走進廚房的動作
　　那磨的發亮的刀具
　你會是誰的菜？
和詩寫得好不好沒有關係

你會是誰的菜……

編輯忙碌，打開陳舊的冰箱
讀者只能讀懂包子體句子
豬肉餡的……

二〇一六・七・九

蟲洞

一群黑鳥居住在石頭的心窩裡
讓我停下探索中的腳印
愛上石頭，讓石頭和石頭擁抱成石牆
愛上樹木，讓樹木死去化成小木屋

雨水落下來
蘑菇傘距離我很近
一粒種子落下來
距離黑鳥很近

我在孤獨中飢餓
厚著臉皮去偷黑鳥的蛋
得到更多的食物，食物開始腐爛

我在另一隻黑鳥的生日之前
一直蹲在火堆旁
孵化可以解決孤獨的問題

二〇一五・七・二一

平庸的世界

寫不出主流的詩歌
你可以打一個噴嚏來代替
你會打噴嚏嗎
請跟我學——說冷，冷，冷風吹
你打噴嚏了嗎
請繼續跟我學——說冷，冷水，冷水澆了我的頭
你打噴嚏了嗎
請繼續跟我學——說冷，冷眼，冷眼看見感冒的
老編輯
……你肚子餓了嗎
去菜市場轉一圈吧
討價還價
再轉一圈
再討價還價
……呀，你買的洋蔥頭和朝天椒真便宜
用菜刀切開……揉一揉眼睛和鼻子，不用再教你
你就會一個接一個地打噴嚏——聲聲代替主流

二〇一五・九・三〇

太陽，宇宙女神的最後一塊煤球

宇宙女神在銀河裡撿破爛
　她撿了一億年的破爛
　　只換來一枚硬幣
她用一枚硬幣買來一隻煤球
　啊　這個宇宙太冷了
　　太空了……沒有愛
宇宙女神抱著燃燒的煤球取暖

一塊煤球有九隻燃燒的眼睛
　啊　九隻燃燒的太陽
當我孤獨地站在地球的煤渣上
我只看見一隻越來越冷的太陽
　所以我哭了　我哭了
為什麼那麼多燃燒的眼睛都瞎掉了

所以我哭了　我哭了

二〇〇二・三・二三

外星詩人

一位外星詩人
　為尋找靈感
　　來到地球
他望著黎明中的海潮
　隨口作了一首詩

——啊……老不死的太陽
你洗完澡還是那副德行

二〇〇〇・一一・七

404代碼

有時，我很厭倦
厭倦這個星球上的所有國家
如果只有村莊該多好
無論是黑皮膚的村莊
還是白皮膚的村莊
如果沒有民族該多好
也沒有一個政府
也沒有一個黨派
也沒有姓氏
也沒有婚姻
……所有人都光著屁股說話
擁抱和親吻就是這個世界的官方語言
我們每天要做的一件大事就是
所有人都吃飽肚子後
用最懶惰的方式
平分一粒芝麻或平分一個西瓜
用最抒情的方式
告訴一隻猴子或一大群猴子
我們是好兄弟好姊妹
我們是最幸福的光屁股動物

二〇二三・二・二三

萊瑟塔檔案

你相信你經歷的是第七次文明嗎
用詩歌訴說我們的愚蠢和悲傷有用嗎

他可能在第五次文明時
在最小的金字塔裡
真愛過一個猴子

此時，你不清楚自己是不是第五次文明毀滅前的
那個肛門紅腫的猴子……

被稱為伊洛因的類人族會再次光臨
那時，鋼筋水泥打造的房子會腐爛消失
那時，睡在水晶棺裡的屍體會腐爛消失
那時，他如果轉世為一個新品種的猴子……
那時，你會轉世為另一個新品種的猴子……

二〇二三・二・二五